愛しの日本国・復活論

もう一度「本来の日本人」を取り戻そう

中山直康
NAKAYAMA Naoyasu

文芸社

もくじ

一章　日本　今日《こんにち》の世相

最近、原因がわからないような病にかかっているような気がする。誰が？　と聞かれるであろうが、「日本人」そして「日本国」が、と答えたい。主題を『愛《いと》しの日本国・日本人』としたこともそれからきたものだ。

高齢者が原因の交通事故が非常に増えている。横断歩道を渡っていた母親と小さい子供の親子が巻き添えになったかと思えば、高速道路逆走による正面衝突の即死事故が起きた。こうした高齢者の運転ミスによる事故が問題となり、七十五歳以上のいわゆる〝後期高齢者〟の自主的な免許返納や免許の制限といった議論が活発化している。

しかし〝後期高齢者〟という言葉は、いかにも人をバカにしている。このような交通事故も悲痛だが、〝後期高齢者〟などという言葉がよくも世の中に出されたものと呆《あき》れてしまう。

ともあれ、高齢者に限らず癖の悪い運転もある。近年問題になっている嫌がらせ運転で〝煽《あお》り運転〟という。インターネットの中に次のような解説があった。

「車間距離を必要以上に詰めたり、パッシングやクラクションで前の車両にプレッシャーをかけたりする威嚇・嫌がらせを煽り運転と言いますが……」

テレビでドライブレコーダーの映像を見たが、被害者としては非常に恐ろしい瞬間である。このような性格の者には運転を許可するべきではないであろう。

どうしてこのような情けない、やるせないことが起きるのだろうか。加害者の心境はどうなっているのだろうか。その瞬間の相手（被害者）の気持ち、立場に立ってみろ、と言いたい。

しかし、相手の立場に立ってみるということろ・力がないから起こるのであろう。

また、もう一つ癖の悪いのに、「ながら運転」というのもある。自動車にしても自転車にしても、運転しながら携帯電話を操作するのだから、事故が起きるに決まっている。

その携帯電話だが、最近蔓延しているのがSNSを使った犯罪である。特に小学生、中学生の子供が巻き込まれる事件が多発している。

そして、その加害者の多くは、二十代から四十代の働き盛りの、社会における基盤をなす若者たちで、無職の者が多くいるという。この人たちは自分の人生、何を目指して日々生きているのだろうか。

一つの見方がある。それなりに、いい年をした大人であるのに、〝無職〟でSNSを頼りに犯罪に手を染めるということからして、自立心はまずないと考えられる。〝いい年をしたやんちゃ坊主〟程度の人間で、大人になっていない、ということであろう。

年を取っているだけで社会人にはなっていない。それだけで済んでくれればまだ社会には影響がないのだろうが、悪影響の行動をするから社会問題となる。

どうしてこんな社会風潮になるのだろうか。政治では解決できないのではと感じる。では、家庭における教育の問題になるのであろうか。いや、家庭の場合は教育というより家族内の環境ではないかと思う。親の、親としての〝人間性〟が問われるところと思いたい。

そうした大人になり切れない親が、子供を虐待するニュースもよく目にするようになった。父親だけでなく、母親までもが一緒になって加害者になっていることさえある。

〝夫の逆切れが恐ろしかった〟と答えている場面をテレビの報道で見たが、頼りとする両親に二人がかりで虐待される、小さい子供の心境になって考えたことがあるのだろうか。身がすくんで動けなくなるであろう。

ニュースを見ていると、こうした現象は一度離婚して、再婚もしくは内縁の夫といる女性に特に多い気がする。〝もう離婚したくない〟という心境から夫に心が縛られてしまうのではないかと思う。

自ら体を張ってでも自ら産んだ子供を守ってやらねばならないのに、子供にとっての最後の壁が崩れてしまっている。

ここまで書いていて子供の状況を思い浮かべていると、子供がかわいそうで涙が出てくる。

「親は親らしく、夫婦は夫婦らしく」、その上で子供の行く末を考えてやってこそ家庭というものであろう。

また、このような問題もある。

「子供の世話よりスマホゲーム」という風潮である。

泣いている赤ちゃんの横でスマホゲームをしている父親。一昔前なら祖父、祖母が赤ちゃんの相手をしていたが、若い世代が自分たちだけの家庭を作って、結局このような家庭が出来上がる昨今である。

嫌な話をもう一つ挙げたい。

子供の中での世界である。子供の中にも遊びのグループが出来る。その中に親玉が存在してくる。優しく弱い仲間の子供に金品を要求し、持ってこなければ仲間から外す、と言う。仲間になっていたいため家から盗んでくる。その額が二十万円になったというから、子供にしては恐ろしい話である。

小学生、中学生の子供の世界に、もはや恐喝まがいの行動が起きているのだ。この子らが大きくなるとどうなるのか、先の世を心配してしまう。

このように、社会に望ましくないことが年齢、男女を超えて蔓延しているように感じるのは私だけであろうか。こんな状態を〝これも世の流れだ〟と聞き流しておれないであろう。

気分転換に次の項に入りたい。

二章　古来の日本人のこころ

一　母親との昔の会話

私が若い頃、母親との会話の中で、「いとしい」また「いとしげに」という言葉が出てきた記憶がある。

そのときは会話の流れの中で聞き流していた。何となくの雰囲気で聞いていたのであろうが、今になって気になるように思えてきた言葉だ。

この言葉、いつから使われた言葉だろうか！　相手に対して〝かわいそうに！〟という意味になるのか。この言葉は、何について〝いとしい〟ということなのか？

パソコンで検索すると〝愛しい〟の言葉が出ているが、はたしてこれで日本人の心を正しく表しているのか？　そして、外国語ではどのように対応しているのであろうか？

私が聞いた母親の「愛しい」という言葉を使った場面を説明すると、私が朝、家の前から乗用車で出かけ、帰って来た後に母親から聞いたのだが、母親が、

「お父さんがあんたに乗せて行ってもらおうと思って横で待っていたのに、そのまま

スーッと車が出て行ったのでビックリしたけど、どうにもならなかった。タクシーを呼んで行かれたけど、愛し気《いとげ》やったわ！」と言う。それを聞いて私は咄嗟《とっさ》に、「エーッ、知らなかった！」と答えた。
愛しい・愛し気を使ったこんな会話である。何の違和感もなくそのまま聞き流していたが、今になってこの言葉を深く考えてみると〝どんな意味だろう！〟と思ってしまう。その時はその場の雰囲気とニュアンスで感じていた気がしてくる。哀調の気持ちで受け取っていた気がし、父親に申し訳なかった、そんな気持ちになった。また、「かわいそう」という響きも感じられる。

『愛しい』の意味を国語辞典で調べてみた。
・かわいい、愛している。かわいそう、気のどく、と出ている。
ネットでも調べてみた（『意味開設ノート』より）。

・愛しいとは「可愛い」「恋しい」「慕《した》わしい」という意味になり、主に子供や異性に対して使われる言葉です。
・他にも意味があり、「気の毒だ」「かわいそうだ」「不憫《ふびん》だ」という悲しい気持ちを含んだ言葉にもなっています。

英語ではどんな表現をしているのかも調べてみた。

・We shall be together, **my love**.　私は一緒にいます、愛しい人。
・Forgive me, **my love**.　愛しい人よ、許してくれ。
・You look so tired, **sweetheart**.　すごく疲れてるみたいね、愛しい人。
・Let me see you out, **my dear**.　見送らせてくれ、愛しい人よ。
・Maestro! **Darling!**　愛しい人よ！
・**Sweetie**, listen.　愛しい人、聞いてくれ。
・Hello, **lover**.　私の愛しい人。

英語で該当する言葉（**太字**）と使い方の例えをいくつか挙げてみた。

私個人的には、日本語で使う「愛しい」「愛し気」から出てくる雰囲気・ニュアンスとは少し違うような気がしてしまう。日本語のほうがもっと深みがあるように感じるが、いかがであろうか。

二　あれマツムシが…

〝あれマツムシが鳴いている……虫の声〟

日本人は昔から、人間でないものを擬人化して人間にたとえて扱ってきている。

例えば〝花がほほ笑む！〟また〝鳥が歌っている！〟そして〝風がささやいている！〟などいくつも例が出てこようが、誰もが日常ごく普通に使っているはずである。少し解説を付けておきたい。

以下はインターネット（『たわをブログ―擬人法』）から引用した。

擬人法とは、ものを人のようにして言う表現技法です。※感情移入法ということもあります。

◎擬人法の効果

例　…シンプルな使い方

落ち葉が踊っている。

これを擬人法を使わずに言ってみると、

落ち葉が地面に落ちていて、そこに風が吹くんですよ。そしたら風に落ち葉が乗って、あの抵抗的なやつで。ほやさかいスゴイ飛んでいきはったわ。

いやはや何が言いたいのやら……。擬人法は便利です。

最初の虫の声・鳥の鳴き声・風の音などの擬人法使いは、外国では〝ノイズ〟となるようだ。雑音扱いである。

三　教育とは…

ここで、ひとつ非常に心が温まる話をしたい。これこそが子供教育の神髄ではないかと思うくらいである。私はこれを読んだとき目頭が熱くなり、何度も読み直したくらいだ（恐縮だがこの話の情報元は不明である）。

こんな話だ（場所は、とある家庭）。

ある朝、小学生の子供がご飯を済ませて学校へ行った。

あとにテーブルの上に一枚の紙切れがあった。

〝肩たたき代十円、買い物手伝い十円、洗濯物取り込み代十円、玄関掃除代十円、お茶碗洗い十円　合計五十円〟。

請求書である。

母親は「フフフ」と笑った。

次の日の朝、子供がご飯を食べようとしたら紙切れがあった。母親からである。

〝あなたの洋服代ただ、食事代ただ、洗濯代ただ、教育費ただ…〟

その子はうつむいたまま大粒の涙を落としていた。

いかがであろう。言葉にできない何かを感じられると思う。
これこそが教育の、指導の神髄ではなかろうか。
ここで挙げた内容が、私がこの資料の中で一番伝えたい中の一つである。

四　銀《しろかね》も金《くがね》も玉も…

銀《しろかね》も金《くがね》も玉も何せむに
　　まされる宝　子にしかめやも

ご存じの方も多いと思うが、万葉歌人・山上憶良《やまのうえのおくら》の歌である。


『万葉集』には七十八首が撰ばれており、大伴家持や柿本人麻呂、山部赤人らと共に奈良時代を代表する歌人。

(『ウィキペディア』より)

山上憶良の経歴
大宝元年（七〇一年）第七次遣唐使の少録に任ぜらる。

大宝二年（七〇二年）唐に渡り儒教や仏教など最新の学問を研鑽する。

なお、憶良が遣唐使に選ばれた理由として大宝の遣唐使の執節使である粟田真人が同族の憶良を引き立てたとする説がある。

和銅七年（七一四年）正六位下から従五位下に叙爵。

霊亀二年（七一六年）伯耆守に任ぜられる。

養老五年（七二一年）佐為王・紀男人らと共に、東宮・首皇子《おびとのみこ》（のち聖武天皇）の侍講として、退朝の後に東宮に侍すよう命じられる。

神亀三年（七二六年）頃筑前守に任ぜられ任国に下向。

神亀五年（七二八年）頃までに大宰帥《だざいのそち》として大宰府に着任した大伴旅人と共に、筑紫歌壇を形成した。

天平四年（七三二年）頃に筑前守任期を終えて帰京。

天平五年（七三三年）六月に「老身に病を重ね、年を経て辛苦しみ、また児等を思ふ歌」を、また同じ頃に藤原八束が見舞いに遣わせた河辺東人に対して「沈痾る時の歌」を詠んでおり、以降の和歌作品が伝わらないことから、まもなく病死したとされる。


次はよく知られている歌である。特に反歌は。

（ウェブサイト『万葉集を読む―壺齋散人の万葉集評釈―』より）

子等を思ふ歌一首、また序
瓜食（は）めば　子ども思ほゆ　栗食めば　まして偲はゆ

いづくより　来りしものぞ　眼交（まなかひ）に　もとなかかりて
安眠（やすい）し寝（な）さぬ

反歌

銀（しろかね）も金（くがね）も玉も何せむにまされる宝子にしかめやも

解説

旅先で瓜を出されて食っていると、子どもの顔が思い出される。その子は恐らく、瓜が好物だったのだろう。次に栗を出されて食うと、いっそう子どもの顔が思い出される。子どもとはどこからやってきた賜物《たまもの》なのだろう。その顔がまぶたのうちに焼きついて、寝ることもできない。実に慈愛に満ちた、人間の情愛がここにはある。

反歌は、憶良の数ある歌のうちでも、とりわけて有名なものである。この一首には、弱いものへの同情と、幼いものへの慈愛を身上とした、ヒューマンな歌人憶良のエッセンスのようなものが籠められている。

本章で挙げたものは、どれをとっても心にジンワリと伝わってくるものばかりではなかろうか。

特に三で挙げたものは重く心に響くもので、母親のやさしさと人柄の大きさが伝わる。言葉では言い表せない「教育」だと思う。

三章　疎遠になる個々の人間、そして社会

一章の「日本　今日《こんにち》の世相」の内容にもう少し触れてみたい。

社会の必需品になってしまっているパソコン・携帯電話・そしてスマートフォン……などの通信機器により、作業や通話・交信が非常に便利な世の中になっている。

ただし、社会における人と人との〝心の交信〟の面では、全く反対に悪いほうに出ていると思う。

確かに計算や人との会話は瞬時にできるが、会話はできても目や顔を見ているわけではないので表情がわからず、心までは理解できないであろう。

ＳＮＳやＥメールで交信するにしても、文字はすべて機器が処理してくれるので字（漢字）を覚える必要がなく、次第に忘れ去られていくことになるのは目に見えている。

さらに付け加えると、複雑な計算にしても電卓や携帯電話で処理できるので、ソロバンを使う時のように頭脳や指を素早く動かすような気づかいをする必要もない。

ただ、その分、指先の器用さや脳への刺激がなくなることになる。

この現象は、この先どんな人間社会になるのか想像すると怖くもあり、不気味な社会でもある。一言でいうと動物の世界か。さらに言うと「人間という動物」が一つ増えたこと

になるのだろうか。

明るい話ではないので恐縮だが、過去のニュースから青年に絡むものを幾つか紹介して、青年層の問題を書き出してみる。これらの出来事も「疎遠」の社会環境から表れてきた産物ではないのだろうか。

インターネットより、近年に起きた犯罪事件をいくつか挙げてみたい。しかし社会現象という捉え方はしたくない。

①二〇一五年二月二十日、川崎区の多摩川河川敷で十七歳～十八歳の少年A、B、Cが、中学一年の上村遼太君をカッターナイフで四十三回切りつけて殺害するという事件が起きた。

テレビニュースでも見ていたが痛ましい話だった。どうしてこのような残忍なことが起きてしまうのか。

社会環境の関係・学校内の関係・家庭内の関係等々。

②一九八〇年代、九〇年代の少年犯罪
・神奈川県の中学三年生（十五）の少年が、同中学一年生の少女（十二）を撲殺。少

年は少女から生徒会役員選挙の応援演説を頼まれていたが、応援演説が嫌になって殺したと供述。

・東京の公園内でスケート場から帰宅途中の、中学一年生（十四）と中学二年生（十四）の二人が、若い男に全裸にされ、下腹部をいたずらされたうえ、一人が喉などを刺され重傷を負う。

現場近くに住んでいた職業訓練校生（十八）が親族に付き添われて自首。「すべって転んだのを二人の中学生に見られ、笑われたためカッとなってやった」と自供。

・大阪府、ビル地下の婦人用トイレで、女性（二十五）が無職の少女（十九）に刺身包丁で刺され殺害された。少女の動機は「誰でも人を殺せば、刑務所に入れると思った」。

いずれも非常に衝動的な出来事である。

日常、学校帰りの小学一年生、二年生などの低学年、そして保育園児・幼稚園児など、あどけなく遊んでいる子供の顔を見ていると、この子らが五、六年後に大きくなって犯罪を起こす、あるいは巻き込まれるなどとは、とても想像がつかない。どこで何が間違ってこのようになってしまうのだろうか。

もしかすると、〝機器の流通の氾濫〟が、人と人とのつながりに閉塞性を生じさせているのではないのか。

特に心配に思うのは、感情を、心をしっかり育ててやらなければならない幼稚園児（保育園児）、小学生、中学生に携帯機器を持たせることであり、私は少し疑問に思う。以前は犯罪から子供を守るため、子供の居場所確認のために持たせる必要がある、ということも聞いていたが、これは問題の解決の仕方がずれていると感じるこの頃である。

このやり方は、携帯機器を持たせてあとは子供の責任と言っているようなものだ。親としての心構えと同時に政治判断が必要ではないのだろうか。これは社会の仕組みとして考える必要があると思う。

教育にも学校での**学校教育**・家庭での**家庭教育**・自治体などで行う**社会教育**がある。参考に簡単に説明しておきたい（以下『ウィキペディア』より）。

日本における「教育」は、単に学校教育という狭義にとどまらず、家庭教育や社会教育（生涯学習）などもその意味に含まれる。

学校教育

日本の教育において学校教育とは、狭義には、学校教育法の第一条に規定する学校（一条校）で行われるものを指す。具体的には、幼稚園、小学校、中学校、高等学校、大学などが代表的な学校であり、六歳から十五歳までの時期（学齢期）が義務教育である。

学校教育は、日本国憲法や教育基本法の精神に則って行われ、憲法や基本法を受けて学校教育法やそのほかの法令が制定されている。教育基本法第六条では、学校教育を行う学校を「公の性質をもつ」と規定している。例えば、学校教育法で、中等教育学校における教育については、次に掲げる目標の達成に努めなければならないとされている。

1．国家及び社会の有為な形成者として必要な資質を養うこと。
2．社会において果たさなければならない使命の自覚に基づき、個性に応じて将来の進路を決定させ、一般的な教養を高め、専門的な技能に習熟させること。
3．社会について、広く深い理解と健全な批判力を養い、個性の確立に努めること。

社会教育

社会において、都道府県や市町村などの自治体や公的機関、博物館、図書館、あるいは大学などが公的にだれでも参加できるカタチで提供する学習の機会のこと。無料ないしは僅かな費用で提供される。公民館、社会教育センターなどで開催される文化、教養講座、市民大学講座などをいう。社会教育は、教育という営為が行われる「場」に基づいて、政策上、学校教育や家庭教育と並ぶ領域とされる。

家庭教育

親がその子に家庭内で、言葉や生活習慣、コミュニケーションなど生きていく上で必要なライフスキル（生きていくうえでの技術）を身につける援助をしてやること。類似・関連語には躾《しつけ》がある。

※問題面

今日、この基本的な教育行為が、精神的な未熟さや多忙などの理由で出来ない親が社会的に取り沙汰される傾向が見られる。一般的価値観の中には、「親は子供も育てられて当たり前」とする価値観も見られるが、それが諸々の理由もあって出来ないことにより、親の苛立ち・不満・ストレスが鬱積《うっせき》し、子どもへの暴力ないし放置（…児童虐待）として顕著化した事件も見られる。また、育児ストレスのように、自分の子供に接し育てることが苦痛となるケースも問題視される。

これらでは、当人の能力不足という面も指摘されるが、その一方で社会的価値観の変容にも問題を見出す事ができる。いずれにせよ、児童虐待といった事態では、当事者全員がもれなく不幸となってしまうことは明白であるため、その改善が必要とみなされ、様々な予防・救済・援助が試行錯誤により提供されている。（中略）

また、祖父母が同じ家庭内にいない核家族化の影響も大きく、居る家庭に比べて家庭の中での緩衝システムの有無も、子供にとって大きな影響を及ぼしているといえよう。

この辺りには夫婦間の無関心や無理解によっても加速する傾向も見られ、逆に夫婦間で家庭教育といった役割の分担で片方の負荷を軽減させる事により、児童虐待などの問題行動を抑制できるといった報告も少なからず見られる。

少し流れが固くなったか。しかし理解しておくべきと思ったので書き入れておいた。

近年の犯罪にはパターンがあるように思える。

ニュースを見ていると、特徴の一つに、犯罪者は仕事についていない〝無職〟のことが多い。

生まれて二十年、三十年、四十年生きてきて、社会の中でそろそろ〝大人〟としての芽を出す時期になるのに〝無職〟はないであろう、と思うのだが。

先ほども書いてきたが、小さい頃は友達大勢で一緒に目を輝かせて遊んでいたあの顔を思い浮かべてほしい。全く顔の表情に一つの陰もなかったはずである。

子供の時はすべてあんな表情をしているのではないか。それを思うと犯罪の起きる社会になるとは思えないのだが、何でだろう。そういう犯罪の世界に入る、入らないの分岐点は何だろう。そして、学校教育からくる問題なのか、あるいは社会教育の問題なのか、いや家庭教育の問題なのか。

私はこれらすべての問題に原因があると考える。つまり各々《おのおの》個々が関係する、所属する社会・グループなどの中でのお互いの関連性からくるのではないかと思う。

もう一つ私はこのようにも思う。

〝あなたは自分や自分の身近な人以外の人のために涙を流せますか！〟と。

誰でも自分や自分の身近な人に不幸があったときは泣くことは当然あるが、それ以外の人が不幸に見舞われたとき、涙が出ますか？ と。

〝泣く〟と〝笑う〟は感情の出どころが違うのではないかと思うことがある。

心理学をやっているわけでも医者でもないのでわからないが、他人《ひと》のために〝泣ける〟人は、相手の心境に入り込んで自分を相手と同じ心境の位置に置いており、人間・社会人として非常に気高いと思う。

そんな相手を思いやることができる人に、犯罪の芽は芽生えないであろう。

このような〝人〟や社会をつくるための教育が重要かと思う。これは学校教育にも社会教育にも家庭教育にも関係するはずである。

人と人との疎遠、人と社会との疎遠を避けることが必要と思う。

日本に対してこのような評価があることも紹介したい。ぜひ味わって読んでいただきたい。感動されると思う。

四章　世界に冠たる日本の国民性

一　アメリカも中国も韓国も…

『アメリカも中国も韓国も反省して日本を見習いなさい』（ジェイソン・モーガン著）より

この書の本題に入る前の〝はじめに〟のところで、「アメリカも中国も韓国も反省して日本を見習いなさい」と、実に突拍子のない投げかけをして非常に引きつけられる。

著者の経歴を紹介しておくと、アメリカで生まれ、アメリカの大学で東洋史（特に中国史）を研究し、その後、韓国で英語教師として働き、その後は日本の大学で教壇に立つ。

アメリカ、中国、韓国、日本に馴染んでいる、といったところか。

この方のそれぞれの国に対する国家観を記しているので、それを要約してみた。

○アメリカ観

〝毒舌（ジョーク）〟を交えて述べる、として、アメリカという国は、〝患者にたとえると「独善的記憶喪失者」〟としている。

アメリカという国は世界中で戦争をしているから、その好戦性は明らかだ。そういう意味では、他国を批判するような資格はないにもかかわらず、太平洋戦争で戦った日本を非難している。自分たちだけが正義だと思っているからだ。自国の過去を「記憶喪失」する独善主義が特徴だと思う。

もう一つの特徴は、人間は完璧な存在になれると信じている点だ。時間が経つほど人間は完璧になると信じている。

更には、アメリカの行動は常に正義に基づいて行われているという意識である。「後れている人たちを導いてあげる自分たちは絶対的な正義だ」という、まさに上から目線。導くというのがもうすでに上から目線であろう。

○中国観

中国の国家観、歴史観の特徴は、「自国だけが良ければいい、中国が世界の中心である」という「中華思想」にあり、いまだに根強く存在している。

しかし、彼らの中華思想には根拠がない。自分たちから遠いところに位置している国は自分たちより劣っている、野蛮だ、という思想である。この中華思想からすると、日本などはまさに周辺国、属国です。中国の国際社会での振る舞いに、しばしば傍若無人な態度が見られるのも、まさに、この中華思想の故であろう。これは日本に限った話ではなく、西洋人に対しても例外ではない。自分たちがより優位な存在であるという考え方は決して昔のことではないようだ。

中国は「先進国」を自称しているが、一般的に非常に自己中心的な振る舞いが多かったし、衛生面でも世界で最も汚い国の一つと思う。いまでも、昔の唐時代と匹敵するほど中華思想が根強く存在しています。特に習近平が国家主席になってから、その傾向が一段と強くなった。彼は完全に元皇帝、昔の王のような存在になることを目指している。その独裁性ゆえに、「習近平と毛沢東は似ている」などと言われるが、習近平のほうが始末が悪いと思われる。毛沢東の時代は、中国はまだ国際的には強い力を持っていなかった。しかし現在の習近平の中国は軍事力も経済力もあり、毛沢東時代よりもはるかに危険である。

○韓国観

韓国での一年間の暮らしを振り返れば、いい国だと思う。彼らの「いただけない所」を挙げれば、総じて「怒ることが好きだ」というところだ。「怒ることが趣味のようなものです」と、韓国人自身が認めているくらいである。

それから、なんでも「自分たちが元祖だ」というおかしな考え方をしがちなところがある。たとえば「侍は韓国が生んだ」「イソップ寓話《ぐうわ》は韓国が発祥だ」など、世界から認められているものの多くが、韓国から生じたと信じ込んでいる人が少なからずいる。

韓国は地政学的に複雑な位置にあり、歴史的にも中国やロシア、アメリカや日本などとの対立・依存といった難しいバランスの上で生きざるを得なかった。不本意ながら、常に自国以外のどこかに属するような形で来たから、オリジナルなものがあまり多くは生まれてこなかった。

それがおそらくコンプレックスになっているために、どこかの国の何か（特に日本のもの）が世界で評判がいいとなると「ウリジナル」（韓国起源説）を主張してしまうのであろう。

それでも著者は、韓国は日本に対してある意味では感謝しているのではないかと想像している。なぜかというと、日本を「悪者」「敵」にして、デモを起こし、それによって鬱《うっ》憤《ぷん》を晴らせるからだ。怒りの矛先を向ける相手が欲しい韓国には、日本のような国が必要なのかもしれない。

「慰安婦問題」や竹島（独島）の領有問題など、歴史的事実がどうであれ、とにかく日本を攻撃してガス抜きをしないと国が持たない、という側面もあるのではなかろうか。その意味では韓国にとって日本は絶対に必要な存在なのだと思う。
そのように、日本なしでは生きられない、という一面は韓国の「いただけないところ」だと思う。日本に対する嫉妬と、そのなりふり構わぬような批判の仕方は、アメリカ人としても見ていて決して気持ちがいいものではなく、格好が悪いと感じる。

ある日、著者が韓国の友人たちと焼き肉を食べながら会話をしていた時のこと。食事の後に、ホット麦茶のような飲み物が出された。すると韓国人の一人が著者に英語で、「日本にはこういう習慣はないでしょう？　韓国では食後にホット麦茶を飲みます。韓国のほうが気が利いているでしょう」と、突然日本と比較し始めた。日本とは全く関係のない、日本の話題が出ていないところで、何故比べようとするのか、とても不思議に思った。韓国ではこういうことはよくある。
こうした体験からいえることは、韓国はとにかく「日本のことが気になっている」ということだ。それは反日教育が行われているせいだけではないように思われる。教育を越えた本質的な部分で、国レベルでも個人レベルでも、「日本のことが気になる」のが韓国なのかもしれない。

韓国では自分の感情を抑えるために、そして憂《う》さ晴《ば》らしのため、気持ちを抑えるためのガス抜きに日本に矛先を向けている、ということらしい。

つまりは私に言わせれば「情緒不安定で大人げない国だ」ということになるが、個々の人間関係で済むならともかく、国家間においてそんなことは許されないことだ。

○日本観

罪もないのにいつまでも悔い改めている――それが日本の特徴だ。太平洋戦争については日本だけが反省しているわけだが、史実をひもとくと、取り立てて日本だけが悪いわけではない。それでも反省しているというのは、戦後の自虐史観（必要以上に自分で自分を責めること）によって完全に洗脳されているからであろう。

「自分が悪い」と素直に認めるのはいいことだが、事を荒立てたくないからなのか、日本人は、自分が悪くなくても謝ってしまう傾向にある。その性質を表す英語が出てこない。英語で出てこないということは、日本の独特な心境、精神ではないだろうか。自分が悪くなくても、なぜか反省して謝るのは日本人らしいところだ。

ＧＨＱの最高責任者だったダグラス・マッカーサーは後年米国上院で、大東亜戦争を「日本の自衛戦争だった」と証言している。

Ｊ・モーガンは日本の大学で「国際関係概説」という授業を担当している。そのなかで、現在に至る北朝鮮情勢の流れなどをテーマにしたり、日米関係や日本の憲法改正のこと、第九条の話をしたりしていた。現憲法では、たとえば北朝鮮が日本に対してミサイルを発射しても撃ち返すことはできない。

学生たちに、「もし徴兵制度があって、あなたが徴兵されたらどうしますか」と尋ねたところ、ほとんどの男子大学生は「行かない」と答えた。自分の意志とは関係なく行かなければならない、それが徴兵制度だ。しかし、日本を守るためという理由でも徴兵を拒否する。

さらに突っ込んで、「たとえば北朝鮮があなたの住んでいる町を攻撃してきて、自分の家族の生命が危険にさらされるとしたらどうしますか」と尋ねたら、それでも戦わないと答えた。彼らには自分の国も、町も、家族も守ろうという気概が見られない。そして「自分は平和主義者だから」と言う。

実は、こういう考え方をする人は日本だけでなく、アメリカの若い世代にも多くいる。「自分は平和主義者だから戦わない」「我が家には、先祖代々、憲法九条の家訓があるので戦わない」と宣言しても「ああ、そう、うちにはそんな家訓がないから」と言われて攻撃されて死ぬだけであろう。

日本はよく辛抱しているなと思う事案が、「竹島問題」だ。韓国はあまりにも横暴な態度で、自分たちの島だと主張し、今では竹島に韓国の基地まで置いている。完全に実効支配している。このことだけを見ても、日本はやはり強い「自虐史観」に束縛されていると思う。

韓国に奪われた島を取り戻すという意識が、日本人には希薄のようだ。

私は京都産業大学を出たが、学生の時、講義で聞いたことが今でも忘れられない。大石義雄という法学部教授の日本国憲法の講義を受けた内容が、今でも非常に重く残っている。要点は「現日本国憲法は連合軍、アメリカによって作られたもので、そのため原文も英語である。当然日本国・日本国民にとってはそぐわない内容になっている。一刻も早く日本に合ったものに直さなければならない」というもので、国の憲法は国民自身が創ってこそ「独立国」だ。

J・モーガンの日本観からの要約を続ける。

著者は昭和天皇がいらっしゃったからこそ、いまの日本があると思うと書いている。敗戦後の占領下にはさまざまなエピソードがある。マッカーサーの回想録や侍従長の回想録などによると、マッカーサーに対面した昭和天皇は、「この戦争の責任はすべて私にある。私の一身はどうなろうと構わないから国民を救ってほしい」と要請されたという。

これを聞いたマッカーサーは、日本人が昭和天皇を尊敬する理由を完全に理解し、昭和天皇を処罰すれば、長きにわたって再び日本と戦争することになるだろうと悟《さと》り、慄然《りつぜん》としたという。占領軍の元帥《げんすい》の前に現れ、責任を取るということは、死ぬ覚悟を以てやってきたということ。その勇気に心打たれたと、後年マッカーサーは手記に書いている。

あと一、二点挙げてこの項を終わりたい。

「敵でも味方でも先祖への思いは同じ」

中国や韓国からクレームがくるからといって総理大臣が靖国神社《やすくにじんじゃ》へ参拝できない、という状況はあまりにもおかしい。靖国神社参拝を目の敵にする人や国は、「靖国に祀られている人の中には、戦争犯罪者がいる、だから参拝するな」という考えなのだが、祖国のために命を捧げた方々、英霊のために哀悼の気持ちを表し、御霊よ安らかに！　と祈りを捧げることができないというのでは、英霊に対しあまりにも失礼だ。太平洋戦争では日本は繰り返し空襲にさらされ、多くの人が犠牲になった。しかしその空襲は市街地、つまり一般市民を狙っての爆撃なのだから、明らかに戦争犯罪といえる。アーリントン墓地にはそうした戦争犯罪人たちも葬られているが、大統領をはじめ、みんな祈りに行く。しかし国のために戦った人たちだから誰も問題にはしない。

日本の総理大臣は、靖国神社の例大祭で真榊を「内閣総理大臣—」として納めるものの参拝はしない。参拝すると、中国と韓国が明らかに政治の道具として使うからだ。しかし、それは内政干渉ではないだろうか。中国はよく人権問題などに関する外国からの批判に、「国内のことだから関与するな」と言うが、日本に対しては平気で内政干渉をしてくる。日本は中国に対して「内政干渉するな」と言えないのだろう。

「自国も他国も愛し合う心を持つ」

J・モーガンが日本の大学で教えていたのは、「日米関係史概説」と「国際関係概説」「日米文化研究」だ。その講義をしていて分かったというのは、日本の学生たちが高校まで教科書で習ってきた内容では、日本を理解することはほぼできないということだ。自国の歴史、特に近現代史の知識が弱い。これはアメリカの大学生も同じらしい。

そもそも日本の歴史教育は、「日本は悪いことをした」という戦後の自虐史観に根付いた先入観から勉強が始まるため、客観性に乏しいのだ。日本の歴史と文化は宝の山である。しかし学生たちはそこに目を向けない。しかし「あなた方の国は素晴らしいから、敬意を表して国歌を歌いたい」と、そして「君が代」の成立や詞の内容を説明すると、学生たちは理解してくれたようだ。

美しい日本の歌集、『古今和歌集』の詞をヒントにしているのが「君が代」である。

一方、アメリカの国歌は戦争の中で作られた。フランスの国歌もそうだ。アメリカ国家の歌詞は戦争を賛美して、フランスも中国も非常に好戦的な内容だ。

日本人は、自国の穏やかで平和な国歌をもっと尊重してほしいと思う。

世界的な歴史学者とはいえ、外国の方から日本についてこのように言われると、恥ずかしくなるのは私だけではなかろうと思う。

いと思う。

二　アジアにおける反日と親日の国を巡る

混迷しているアジア。現在の東アジアについて、一言で言うならこのような表現をしたい。「うわべは何とはなしに穏やかに落ち着いているように見えるが、日頃のニュースの流れ（推移）を見ていると、いつ空中分解するのか」と感じてしまう。

例えば韓国については、ここ最近では、

①　二〇一八年十月三十日に韓国大法院（最高裁）が「元徴用工」四人に損害賠償金の支払いを命じたことに始まり（これについては一九六五年に日韓請求権・経済協力協定に基づいて日本から韓国に、当時の韓国の国家予算にあたる巨額の金額が渡されている。協定〈条約〉は「完全かつ最終的に」となっている。よって今回、問題になっている徴用工への補償の問題は韓国内のことである）、

②　次いで二〇一八年十二月二十日、韓国海軍軍艦が海上自衛隊の「P1」対潜哨戒機に射撃管制レーダー（射撃レーダー）を照射した。

この事実は、海自哨戒機の飛行員の緊迫した会話や撮影映像から、明白である。しかし、このことを韓国国防省は認めようとはせず、それればかりか、日本の海上自衛隊機が異常な接近飛行を行ったと難癖をつけ、「陳謝せよ」と抗議している。

韓国は、海自哨戒機が韓国軍艦に異常接近したとする映像を公開したが、その映像には哨戒機が遠方に映っており、どう見ても異常接近しているようには見えない。航空機を真上に見上げれば、その腹底が見えるはずだが、そうではない。戦闘機であれば、急降下や急上昇できるが、哨戒機は、そのようなことはできない。

韓国海軍軍人には当然わかっていることだし、軍事常識でもある。韓国は、それを認めようとはせず、発表していることが論理矛盾を起こしていながらも、頑なに日本を非難しているのだ。

韓国は、日本の排他的経済水域（EEZ）内で北朝鮮と何をしていたのか。韓国軍人も国防省の幼稚な発表に恥ずかしい思いをしているに違いない。支離滅裂で論理矛盾を起こしてまでも、なぜそのようなことを発表するのか。

重要なことは、レーダーを照射すれば、日韓関係に重大な影響を及ぼすことがわかっていながら、行ったということだ。

想像できることは、韓国としては国際的に知られたくないことを行っていたということであろう。だから、あのような〝とぼけた〟ような言いがかり的になったのではなかろうか。

だいいち、そこで何をしていたのだろうか。考えられることは一つ。状況考察から、北朝鮮の漁船が燃料不足で漂流し、本国（北朝鮮）に救護を依頼、これを受けた本国の機関が政府に報告した。そして韓国へ連絡。韓国政府は国防省、海洋警察に連絡、そして二隻の艦艇が出動した、ということではないか。

話の流れを図式化すると、

北朝鮮漁船↓本国工作機関↓北朝鮮政府↓韓国政府↓国防省・海軍・海洋警察

の話の流れ、連携がないと三隻が同一海上に集合することはできない。ましてや場所は他国の海（日本の経済水域・EEZ）である。

③ 度重なる韓国のいい加減な対応に据えかねた日本は、ついに強硬行動に出た。韓国への経済制裁である「ホワイト国除外」行動である。産経ニュースは、

二〇一九年八月二日：政府は二日午前、安全保障上の輸出管理で優遇措置を適用する「ホワイト国」から韓国を除外する政令改正を閣議決定した。七日に公布し、二十八日に施行する。：と伝える。

④ すると韓国は、報復措置としてジーソミア（GSOMIA）の破棄を決定した。破棄実施の期限は二〇一九年十一月二十三日。

「秘密軍事情報の保護に関する日本国政府と韓国政府との間の協定」である、日韓の軍事情報包括保護協定＝GSOMIAは、北朝鮮が弾道ミサイルの発射を繰り返していた三年前の二〇一六年十一月に結ばれた（『NHK政治マガジン』より一部使用）。

〝破棄を撤回した〟となっているが、韓国の説明は〝破棄の延期〟であって、説明では

必要時にはいつでも破棄できる、とニュースでは解説していた。

相手国と結んだ約束（条約）を、自分の都合でいつでも破棄するという考え方など、世界のどこの国も信用するはずがない。


前述の①「元徴用工」から④「ジーソミア」まで簡単に時系列的に流れを見てきたが、この間に韓国は日本製品の不買運動を大々的に行ってきている。テレビ放映では韓国の民衆がテレビカメラに向かって、日本製品のボイコット表示で、メーカー名の書かれた製品ケースを足で一斉に踏みつけている場面が映し出されていた。

また並行して日本への「旅行禁止」も行い、それにより航空機の乗客が採算の限界を下回る日が続き、日本各地と韓国を結ぶ航空路線が廃止になってきている。特に韓国の航空会社の存続の危機にまでになっている。韓国に最も近い対馬や九州もこの煽りを受けて旅客が激減している。

とにかく、韓国の行動は衝動的でヒステリックでやんちゃ坊主である。

「日韓請求権協定」や「日韓情報包括保護協定」などの条約を一方的に破棄していくやり方の韓国の政治の在り方、韓国民の考え方が問われてしかるべしと考える。

一度結んだ条約を覆して破棄してしまうやり方は、世界から信用されなくなる。このような国民性と取られても致し方ない。

これについては面白い話がある。福沢諭吉の言葉として、
《左れば斯る国人に対して如何なる約束を結ぶも、背信違約は彼等の持前にして毫《ごう》も意に介することとなし。既に従来の国交際上にも屡《しばし》ば実験したる所なれば、朝鮮人を相手の約束ならば最初より無効のものと覚悟して、事実上に自ら実を収むるの外なきのみ》（『時事新報』明治三十年十月七日）
〝韓国の不実はいまに始まったことではない〟。福沢諭吉は当時すでにそのことを看破し、『脱亜論』の中で彼は「約束事は信用するな」と述べている。

【日韓請求権協定】の解説

① 朝鮮半島を植民地として支配した日本が戦後、韓国と国交を結ぶにあたり、双方の債権・債務の関係を清算するために結んだ条約。互いに未払いの賃金など個人の財産・請求権問題について「完全かつ最終的に解決された」（第二条）と確認した。戦後の日韓関係の礎と位置づけられる。
日本政府はこれに基づき、元徴用工への補償問題は解決済みとの立場。韓国政府も二〇〇五年には、協定が定めた経済協力金に元徴用工への補償問題解決の資金も含まれるとの見解を発表していた。

② 難航した両国間の協議を経て、一九六五年六月、外交関係を樹立するための「日韓基本条約」と同時に締結。同年十二月に発効した。日本からの経済協力は無償供与が三億ドル、有償は二億ドル。無償分だけでも当時の韓国の国家予算に匹敵する巨額の支援で、その後の韓国経済の急成長を支えた。

※五億ドル（無償三億＝一〇八〇億円、有償二億＝七二〇億円）

③ 韓国の歴代政権は協定に基づいて個人が賠償請求を日本企業に求めるのは難しいと判断してきた。日本の最高裁は二〇〇七年、中国人を原告とした戦後補償訴訟で、韓国を含めた各国の個別請求権問題も解決済みとの認識を示している。日本政府は旧日本軍による従軍慰安婦問題についても、この協定に基づいて個別賠償はできないとの立場を崩していない。

日本と韓国は、距離的に近いからか、あるいは日本がおとなしいからなのか、とにかくイザコザがよく起きる。事の発端は常に韓国となっているのではないのか。

韓国に絡む話が長くなった。次に移りたい。

日本の先人たちの偉大な業績に感動する場面がいくつもあることに感動する。ネットを見ていてこれに関する内容が広く扱われ、その概略が載っていたので書き出してみた。

元徴用工訴訟などに端を発し、日韓関係は過去最悪の状況にある。日韓請求権協定を無視したのは韓国側であるにもかかわらず、反日の度合いを強めている。だが、世界を見渡せば、反日国家はごく少数だ。圧倒的多数の国家が親日である。その背景には、先人達の努力と犠牲があった。

と『親日を巡る旅』（小学館　二〇一九）を上梓《じょうし》したジャーナリストの井上和彦氏が解説する。

以下に概略を記載する。

●ミャンマー：大東亜戦争の大激戦地であったミャンマー、かつてのビルマの独立は日本軍の支援によるものだった。こうした歴史的連携からミャンマーの人々の対日感情はすこぶるよく、日本軍将兵の墓地や慰霊碑が手厚く守られており、日本の軍歌がいまでもミャンマー軍のマーチとして使われている。

●インドネシアの独立にも日本軍が大きく寄与しており、その独立記念日の表記には日本の「皇紀」が使われ、なにより戦後日本で酷評される日本軍による「軍政」が評価されていた。独立宣言文の日付には日本の「皇紀」が使われ、〇五年（皇紀二六〇五年のこと）八月十七日となっている。

●ガダルカナル島：大東亜戦争を象徴する激戦地ガダルカナル島では、日本軍将兵の勇戦敢闘ぶりが語り継がれており、なんと子供たちからも称えられていたのである。さらに〝ラバウル航空隊〟で有名なパプアニューギニアのラバウルでは、日本人に対する歓迎ぶりはハンパではなく、この地を訪れれば感涙に頬を濡らさずに帰ることなどできない。

●フィリピン：大東亜戦争最大の激戦地となったフィリピンでは、この地で生まれた神風特攻隊が称えられ立派な慰霊碑が建立されている。マニラ軍事裁判で処刑された山下奉文大将と本間雅晴中将の最期の地が地元の人々によってしっかりと守り続けられており、このことに驚嘆と感動を覚えぬ日本人はいないだろう。

●パラオ：第一次世界大戦後に日本の委任統治領となったパラオもまたしかり、日米両軍の熾烈《しれつ》な攻防戦が行われたペリリュー島には戦跡が数多く残されており、そして日本軍将兵の勇猛な戦いぶりが地元の人々にいまも語り継がれている。さらにパラオでは日本語を話すお年寄りが集って花札に興じるなど、そんな人々の日本時代を懐かしむ声に胸を震わせる日本人も少なくなかろう。

●マルタ共和国：第一次世界大戦といえばマルタ共和国を忘れてはならない。

日英同盟に基づいて地中海に派遣された大日本帝国海軍第二特務艦隊の大活躍が連合軍の勝利に大きく貢献したことを、はたしてどれほどの日本人が知っているだろうか。日本海軍将兵の勇猛果敢な戦いぶりが世界各国から賞賛されていたという事実などはマルタに足を運ばなければわからない。

●ポーランド：ポーランドが欧州一の親日国家であるという事実も日本では知られていない。日本とポーランド両国の感動秘話は一九〇五年の日露戦争にさかのぼる。実は、日露戦争における日本の勝利は日英同盟とポーランド人の協力の賜物だった。令和元年（二〇一九年）に国交樹立一〇一年を迎えたポーランドの親日感情は腰を抜かしそうなほど感動的である。

第一次世界大戦最中に行われたシベリア出兵時に日本がポーランドの孤児たちを救援したことがいまもポーランドに感謝され続けていることをご存じだろうか。その後の第二次世界大戦下でも両国は友情を保ち続けていたという驚く事実もある。

●フィンランド：日露戦争を契機とする親日感情の発芽は北欧の国フィンランドも同じだった。

長くロシアの支配下に置かれたフィンランドにとって、極東の島国・日本とロシアの戦いに多くを期待したのも当然のことだろう。また日本がフィンランド独立を支援した知られざる交流の歴史は首都ヘルシンキで確認することができる。

●カンボジア：長い内戦に苦しんでいたカンボジアの復興に手を差し伸べた日本は、日本初のＰＫＯ（国連平和維持活動）として自衛隊を派遣した。そして自衛隊員らが汗を流して復興支援を行い、引き続いて日本政府がＯＤＡ（政府開発援助）を投入するなどしてカンボジア復興を助けたのだった。

こうしたことへの感謝の気持ちの表意として、カンボジアの紙幣になんと「日の丸」が描かれているのだ。

当時、日本国内では、自衛隊のＰＫＯ部隊派遣を巡って無知蒙昧《むちもうまい》な反対意見が渦巻き、これを偏向メディアが煽り立てた。ところが実際にカンボジアに行ってみると「あの日本国内での騒ぎはなんだったのか」と恥ずかしくなる。まさに〝井の中の蛙〟という言葉を痛感した次第だ。

（次項は紙幣の解説：『トリッピング』……本多辰成）

日の丸がデザインされているのは、五〇〇〇リエル札の裏面。描かれている二つの橋は、通称「きずな橋」と「つばさ橋」と呼ばれている。ともに日本のＯＤＡ（政府開発援助）による無償協力によって、カンボジアを南北に流れる大河メコン川に架けられた。どちらもカンボジアの発展と人々の生活に欠かせないものとなっている。

五〇〇〇リエル紙幣に記された二つの橋と日の丸には、カンボジアの人々の日本への思いが込められている。

カンボジアの500リエル紙幣

「つばさ橋」　「きずな橋」

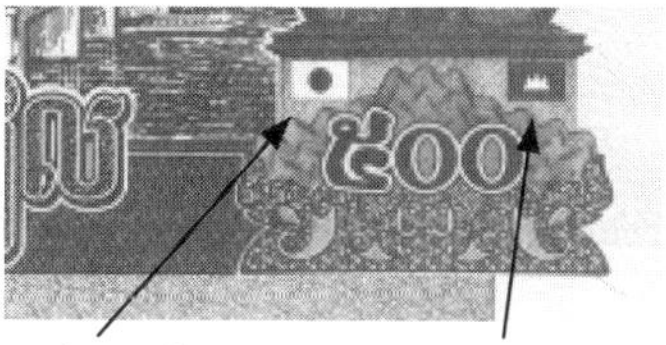

日本の国旗　カンボジアの国旗

●台湾：なんといっても親日国家の王者といえば台湾だろう。日清戦争後の下関講和条約によって清国から割譲されて日本領となった台湾は、大東亜戦争終結まで半世紀もの日本統治を経験しているが、これまで私（筆者注・井上和彦氏）は、日本統治時代を批判する声を耳にしたことがなく、むしろ日本統治時代を称賛する声が溢れている。

なかでも日本統治下における「教育」は、これを経験した年配者が異口同音に絶賛しており、〝皇民化教育を押し付けられ、日本語を強要された〟などという話を聞いたことがない。それどころか、台湾を統治した歴代の日本人台湾総督は尊敬され、感謝されているのである。

さらに、台湾では日本の軍人や警察官などが神様となって崇められている廟があるのだから腰を抜かしそうになる。

こうした国々は、それぞれの日本との関わりから生まれた対日感情や感謝を忘れることなく今日に引き継いでいる。したがって、正しい歴史を知り現実を理解すれば、その国とどのように付き合っていけばよいかが見えてくるのである。

「令和」という新しい時代を迎え、今こそ先人が築き上げてくれた輝かしい日本の歴史と日本人としての誇りを取り戻したいものである。

そのためにこそ、どうか世界各地に残された先人の足跡を訪ねていただきたい。きっと、いい知れぬ感動がこみ上げ、あるいは、あっと驚く新しい発見もあるだろう。そのとき、日本人としての誇りと自信を取り戻すことができるはずだ。

アジア各地をはじめとしてヨーロッパにも、《日本人・日本国の心》を世界に広く真心をもって相手と接触してきた我々の先人たちのことを深く胸にとどめて、我々現在の日本人はそれに恥じないようにしていかねばならないと思う。

しかるに、今日《こんにち》の日本社会の、そして日本人個々の気が少しだらけてきているというのか、緩《ゆる》んできているのか、我々が先人たちの姿からはかけ離れてきているように思えるが！

何か大事な一つを失っているようにも思えるのだが。もしかするとそれは〝魂〟なのかもしれない。

あと三、四点挙げるが、多少紙面をとるので大項目で対応した。

三　トルコ「エルトゥールル号海難事件」（『nippon.com』より）

非常に貴重な秘話であるだろうが、日本人のほとんどがあまり知らないのではないかと思う。ぜひ知っておきたい日本とトルコとの交流場面である。しばらく続ける。

一二五年前に起きたトルコの軍艦「エルトゥールル号」の遭難事故を、多くの日本人は知らないか、忘れている。トルコがとても親日的な理由の一つには、この未曾有の海難事故で、当時の日本人が身の危険を顧みず猛烈な台風の中、トルコ乗組員を必死で救助したことがある。

と同時に、日本とトルコが親善を深めようとした背景に、欧米列強国との「不平等条約」解消という十九世紀末の〝共通の想い〟があったことを、日本人はほとんど知らない。

一二五年前の海難事故が生んだ「絆」

明治天皇に謁見し帰途に就く途中、トルコの軍艦エルトゥールル号が折からの暴風雨にあおられ、紀伊大島（串本町）の樫野埼《かしのざき》にて座礁し、蒸気機関が真っ二つに割れて沈没し司令官であるオスマン・パシャ提督以下五八七名の乗組員が遭難し帰らぬ人となった。一八九〇年九月十六日の夜半のことだ。

この海難事故で紀伊大島の島民たちの必死の救助で助かったのは、わずかに六十九人に過ぎなかった。しかし、この献身的な救助活動は、トルコ国民に直ちに伝えられ、今でも時代を超えて語り継がれている。この歴史的な〝友情と絆〟の物語が、二〇一五年十二月に日本・トルコ合作映画『海難1890』として公開された。

共通の課題だった欧米列強との〝不平等条約解消〟

なぜ、九〇〇〇キロも離れている地からトルコ軍艦は遠路はるばる日本を訪れたのか。そこには、欧米列強国より近代化に遅れた日本とトルコの歴史的な共通性がある。

十九世紀末、オスマン帝国（トルコ）は、欧州列強国との不平等条約に苦しんでいた。このため、当時のアブデュルハミド二世皇帝は、明治維新以後、同じような米欧との不平等条約で苦労していた日本との友好関係を促進し、両国間で「平等条約」締結を図ろうとした。

実は、ここにもう一つ重要な伏線がある。トルコ軍艦の海難事故より四年前に起きた英国貨物船「ノルマントン号」（排水量二四〇トン）の沈没事件だ。

一八八六年十月、日本人乗客二十五人と雑貨を載せ神戸へ向かっていた同船は、暴風雨で和歌山県樫野埼の沖合（沈没場所は特定されていない）付近で座礁《ざしょう》沈没《ちんぼつ》した。その際、船長ら英国、ドイツの乗組員二十六人全員は救命ボートで漂流していたところを沿岸漁民に救助された。

明治政府を揺るがす事件に発展した英貨物船沈没事件

しかし、乗船していた日本人二十五人は船中に取り残され、全員が溺死した。

当時の明治政府は、事故に不審を抱き調査を命令、神戸の英国領事館に告訴するよう働きかけた。しかし、事件を審判した英領事は半年後、船長に軽い刑罰、それ以外は全員無罪の判決を下した。当時、日本は不平等条約を押しつけられ、外国人に対する裁判権がなかった。

国民は「日本人蔑視」と怒り、この事件を契機に領事裁判権の完全撤廃、条約改正を叫び、明治政府を揺さぶる事件に発展した。しかし、領事裁判権の完全撤廃は一八九四年まで待たなければならなかった。

オスマン帝国は、このような不平等条約に苦しんでいた日本に対して、善隣友好を持ちかけた。日本側もこれに応え、小松宮彰仁親王が一八八七年にトルコを訪問した。軍艦エルトゥールル号の日本派遣はその答礼で、乗組員約六五〇人を乗せ一八八九年七月十四日、イスタンブール港を出港、十一か月をかけ翌年六月に横浜港に到着した。

親善使節団は東京に三か月滞在、国賓として熱烈な歓迎を受けた。団長のオスマン・

パシャは明治天皇に謁見《えっけん》し、皇帝からのトルコ最高勲章や様々な贈り物を捧呈した。

島民らの献身的救助で六十九人が命拾い

帰途に就いたのは、同年九月十五日。しかし、日本政府は台風シーズンであることや、エルトゥールル号が建造後二十六年の木造船であったことから、出航を見合わせて船体修理をするように勧めた。ところが、使節団は、滞在延長がイスラム圏の〝盟主〟オスマン帝国の弱体化と受け取られかねないと懸念《けねん》し、横浜港から予定通り出航した。

未曾有の遭難事故は、翌日九月十六日夜に起きた。多くの乗組員が死亡、行方不明になる中、からくも逃れ樫野埼《かしのざき》灯台の下に漂着した乗組員は、灯台の灯りを頼りに四十メートルもの断崖をよじ登り助けを求めた。灯台から知らせを受けた島民は暴風雨の中を総出で駆けつけ、危険を顧みず岩礁《がんしょう》から生存者を救出した。

紀伊大島は、当時三村から成る約四〇〇戸の島だったが、食料の蓄えもわずかな寒村だった。それにもかかわらず、島民たちは非常用食料を供出し、不眠不休で生存者の救護に努め、殉職者の遺体捜索や引き揚げ作業にもかかわった。生存者六十九人はその後、治療のため神戸に移ったが、この時、明治天皇は侍医を、皇后は看護婦十三人を派遣されている。

余談だが、トルコ水兵らが漂着した樫野埼灯台は、紀伊大島の東端断崖に建つ日本最初の石造灯台、しかも日本最初の回転式閃光灯台でもある。「日本の灯台の父」と呼ばれる英国人リチャード・ブラントンが設計し、一八七〇年七月に初点灯した。

「治療費はいりません」、発見された医師たちの手紙

神戸で治療を受けた生存者は十月初めに、日本海軍の軍艦「比叡《ひえい》」、「金剛《こんごう》」で、帰国の途に就いた。二隻には司馬遼太郎の小説『坂の上の雲』で有名な秋山真之《さねゆき》ら海軍兵学校十七期生が少尉候補生として同船していた。

二隻が無事イスタンブールに入港したのは一八九一年一月で、トルコ国民は感謝の念をもって日本海軍一行を大歓迎した。

最近、トルコ乗組員の手当てをした紀伊大島の医師三人がトルコへ送った手紙（写し）が、地元のお寺で発見された。トルコ側が治療費用を請求するようにと要請してきたのに対し、医師たちは「初めからお金を請求するつもりはありません。痛ましい遭難者をただ気の毒に思い行ったことです」との返信を出していた。

沈没海域を眼下に見下ろす丘に殉難乗組員の共同墓地が整備され、慰霊碑が建立された。串本町では今でも五年ごとに追悼式典を行っている。

現在のエルトゥールル号慰霊碑

（南紀串本観光協会ホームページより）

九十五年後にトルコが「恩返し」

この両国の「絆《きずな》の物語」には続きがある。イラン・イラク戦争で緊迫する状況の一九八五年、イラン在住の日本人二〇〇人以上が脱出できず途方に暮れていた。同年三月十七日には、イラクのフセイン大統領が「四十八時間後にイラン上空の全航空機を撃墜する」と世界に向けて発信した。

世界各国は自国救援機をイランに派遣したが、日本は自衛隊機もまだ法律的に直接派遣できず、民間航空会社も危険を理由に救援チャーター機にしり込みした。テヘラン空港に駆け付けた在留邦人はパニック状態になった。

その時、窮状を救ったのはトルコ政府だった。二機のトルコ航空機をテヘランへ派遣することを申し出て、二一五人の在留邦人を無事に救出することができた。当時イランにいたトルコ人は、日本人よりはるかに多い五〇〇人以上で、彼らは陸路を車で脱出するしかなかったという。この事実も日本人は知らないか、忘れている。


在留邦人たちの感謝の言葉に対して、トルコ政府ははっきりと答えた。

「**私たちは、九十五年前の日本人の恩を忘れていません**」

その恩が、軍艦エルトゥールル号の遭難事故における紀伊大島の島民の献身であることは言うまでもない。二〇一五年十二月に公開された映画『海難1890』は、この二つの友情と絆を描いた感動の物語となっている。


日本とトルコとの時代を超えた「友情と心の絆」で結ばれた、非常に温かい両国のつながりの関係である。映画でも拝見したが、国を超えた友情に胸が熱くなり、涙を抑えきれなかった。ぜひ皆さんにも薦めたい。我々日本人の先達にお礼を言いたい。

四　陽明丸《ようめいまる》と八〇〇人の子供たち

日本人は、自らの生命を懸けたときの行動力にはまさに神懸かり的なものがあると思う。誰一人として主役になって世の中に躍り出ようという俗欲があるわけでもなく、目先のやるべきことを体を張って淡々とこなしている、という感じがする。

特にその中心たる先導者は、万一の場合には自らの命を懸けている。これは日本古来の、いわゆる「武士道魂」から来ているものではなかろうか。

この項でとりあげる「陽明丸…」も同じである。これも少し紙面を割く。

主テーマが「**勝田銀次郎《かつたぎんじろう》と茅原基治《かやはらもとじ》　ロシアの子供たち800人を救った日本人！　ありえへん世界**」となっている。

勝田銀次郎は、一八七三年に愛媛県松山市で生まれた。十八歳の時、現在の青山学院にあたる東京英和学校に入学。その後、海運業の世界に飛び込む。そして二十七歳にして独立し、貿易会社「勝田商会」を設立した。

ロシア革命

一九一八年、ロシアではロシア革命が起こっていた。ペトログラードは、革命により治安が悪化し深刻な食糧不足に。そこで、親は子供たちを遠く離れた田舎ウラル地方へ疎開させた。

しかし、避難した田舎町にも戦火が襲い、幼い子供たちは難民のような状態に。その数は四歳から十八歳ぐらいで八〇〇人にもなった。

八〇〇人の子供たちの救出計画

そんな中、米国赤十字が八〇〇人の子供たちを保護し、ウラジオストクの施設に移送した。さらに、八〇〇人の子供たちの救出計画を立てた。それは、一旦ロシアを離れ子供たちを故郷ペトログラードに近い安全なヨーロッパへ海路で移送し、その後ロシアの混乱が落ち着いたのを見計らい親元に帰すという計画であった。

米国赤十字は、関係各国の船舶会社に難民となった八〇〇人の子供たちの移送を依頼。しかし、船舶会社の返事は全てＮＯだった。

アメリカ、イギリス、フランスなど資本主義を掲げる各国は、ロシア革命により新たな社会主義を掲げるロシアに脅威を感じ敵対していたからだ。

勝田銀次郎の苦悩

そんな中、米国赤十字は最後の望みをかけ、子供たちの移送の依頼を日本の海運会社にも送った。その中の一つが勝田銀次郎の会社だった。

その申し出が届いた一九二〇年は、日露戦争が終結してから十数年。さらに革命によって世界初の社会主義国の確立を目指したロシアと資本主義を掲げる日本は敵対関係にあった。

勝田銀次郎は苦悩した。もし日本と敵対関係にあるロシアの子供たちを助ければ、日本中から非難され会社は倒産へと追い込まれかねない状況だったからだ。

さらに、勝田銀次郎の会社は物資を運ぶ海運会社だったため、八〇〇人もの子供が寝泊まりできる客船は持っていなかった。

私財をなげうちロシアの子供を助ける

それでも、勝田銀次郎は八〇〇人のロシアの子供を助けることにした。この決断に反対する社員は誰一人いなかったという。

そして、会社で一番新しい貨物船「陽明丸《ようめいまる》」を客船に改造。八〇〇人もの子供が長期間移動できるよう洗面所・トイレ・寝る部屋などを増築。しかも、その船の改造費は会社のお金ではなく、その多くを勝田銀次郎が自らの私財をなげうった。その金額は現在の通貨価値で数千万円に。

通常なら一年はかかる大掛かりな客船への改造だったが、約一か月という短期間で船を仕上げた。

船長は茅原基治《かやはらもとじ》に

しかし、勝田銀次郎にはまだ解決しなくてはいけない問題があった。それは、陽明丸を運航する船長を決めることだった。

様々な船乗りに船長を依頼したが、「ロシア」「八〇〇人の子供」という言葉にみな乗船を拒否。さらに、子供を移送する航路には第一次世界大戦中に仕掛けられた機雷が多く残っていた。

そんな中、茅原基治が名乗りを上げた。茅原基治は、これまで数々の航海の実績があり、伝説の船長として名を馳せた人物だった。

戸惑う子供たちと信頼関係を

一九二〇年七月、陽明丸は神戸を出発し、子供たちのいるロシア・ウラジオストクに到着。しかし、茅原基治に向けられたのは子供たちの戸惑いの表情だった。

日露戦争の記憶がまだ強く残っていた当時、日本にとってロシアがそうだったように、ロシアにとっても日本はかつての敵国だった。ロシアの子供たちは自分たちを助けるといって現れた日本人を前に、どう接すれば良いのか分からなかったのだ。

茅原基治は、ロシアの子供たちと信頼関係を築きたいと考えていた。航海の途中、日本へ寄り少しでも日本を知ってもらいたいと思ったのだ。しかし、敵対関係にあったロシアの子供たちに日本への上陸許可は下りていなかった。そこで、日本の北海道室蘭に寄航。全ての責任を自らが取るという条件で、ロシアの子供たちの日本上陸許可を得た。

日本上陸を許可された子供たちと向かったのは、室蘭にある小学校だった。茅原基治は役所にお願いし、ロシアと日本の子供が触れ合う機会を設けてもらった。言葉は通じなくても子供同士。仲良くなるのにそう時間はかからなかった。

こうして日本人の温かさがロシアの子供たちの心の雪を溶かしてくれたのだ。

命懸けの航海

室蘭を出港した陽明丸はフィンランドへ。本格的な大航海が始まった。そして、茅原基治と子供たちの関係にも変化が。茅原基治は子供たちのためにハーモニカを演奏し、子供たちも音楽に合わせて踊り、楽しい時間を過ごしたという。子供たちは茅原基治のことを「ニイサン」と日本語で呼んでいた。

ところが、多くの子供たちが日射病で倒れてしまった。寒いロシア育ちの子供たちを赤道直下の太平洋の暑さが苦しめていたのだ。茅原基治は、子供たちを夜を徹して必死に看病し支え続けたという。

看病のかいもあり子供たちの病状は快方へ。そして数か月後、船はフィンランド近くにまで到着した。

しかし、当時のヨーロッパの海には第一次世界大戦中に海に仕掛けられた機雷が数多く残っていた。それでもフィンランドに子供たちを届けるためには、この海を通るしかなかった。茅原基治は、細心の注意を払い機雷が浮かぶ危険海域を進んだ。

そして、命懸けの航海を始めてから三か月、フィンランドに到着した。

その後、子供たちは無事に故郷ペトログラードへ戻り、親との再会を果たした。

奇跡の物語は封印された

なぜこの物語は約九十年もの間、世に出ることがなかったのか？

それは航海に関わった日本人乗組員が、勝田銀次郎と茅原基治が非国民扱いされないよう固く口を閉ざしてきたからだ。

そんな中、祖父母が日本人に助けられたというオルガ・モルキナさんによって、この話が世に知られることになった。

こうして奇跡の物語は日本に伝えられた

命の恩人である二人の日本人に、お礼が言いたいと考えていたオルガさんは、二〇〇九年、北室南苑さんという日本人とロシアで出会った。そこで、当時の救出劇を語り、初めて奇跡の物語は日本に伝えられたのだ。

北室さんは日本に帰国後、オルガさんのために二人の日本人の消息を知ろうと尽力。勝田銀次郎と茅原基治のお墓を突き止めた。

オルガさんは二〇一一年に日本へ。祖父母の遺志を継ぎ、感謝の意を伝えることができた。

茅原基治著　手記

「露西亜小児団輸送記」表紙

この後、「ラグビーワールドカップ日本大会」に入ろうと予定していたのだが、「四　陽明丸……」の執筆作業中に、別の素晴らしい情報があったので急遽資料として残したいと思い、次に挙げておいたので読んでいただきたい。

五　樋口季一郎《ひぐちきいちろう》　数千人のユダヤ人の命を救った偉大な日本人

「ユダヤ民族基金」という団体の施設には、永久保存されているゴールデンブックがあります。ゴールデンブックにはユダヤ国家建設のために大きな貢献をした人が記載されています。ここに名前が刻まれることはユダヤ人にとって最高の名誉です。

そんなゴールデンブックに、樋口将軍という意味の「ゼネラルヒグチ」の名が刻まれています。ゼネラルヒグチこと大日本帝国陸軍中将・樋口季一郎は、一体どんな人物だったのでしょうか？

樋口季一郎は一九一八年、陸軍大学校を卒業。当時のエリートでした。各国の情報収集にあたる情報武官としてヨーロッパやロシアに赴任し、順調に出世街道を歩んでいました。そして日中戦争が勃発した一九三七年、満州の関東軍で諜報《ちょうほう》活動のトップ特務機関長に就任しました。

「ユダヤ教難民」を救う

一九三八年、ナチスのユダヤ人狩りから逃れて来た数千人のユダヤ難民たちが死にかけているという情報が入ってきました。満州国と国境を接したソ連領のオトポールで、多くのユダヤ難民たちが瀕死《ひんし》の状態にあったのです。

当時、ヨーロッパではナチスドイツがユダヤ人迫害政策を強行。迫害を逃れてきたユダヤ人はヨーロッパからシベリア鉄道でソ連を経由し、日本の支配下にある満州国を通ってアメリカなどに向かうしか生きる道がありませんでした。

しかし、満州国が入国を拒否したため、ユダヤ人は満州国の手前のオトポールで立ち往生することになってしまいました。食料は底をつき、寒さと飢えで病人が続出。命の危機にさらされていました。

樋口季一郎のもとへ極東ユダヤ協会会長のアブラハム・カウフマンが訪ねてきました。ユダヤ人が求めていたのは満州国の入国ビザの発給でしたが、一軍人である樋口季一郎にはその権限がありませんでした。とはいえ、実質日本の支配下にある満州国に対して大きな権力を持つ日本軍の樋口季一郎に、何とかビザ発給の指示を出してくれないかと懇願しに来たのです。

しかし、樋口季一郎には即答できない深い事情がありました。日本はこの時ドイツと同盟国だったため、ドイツから逃れてきたユダヤ人を救済することはドイツの国策に反していると捉えられてしまいます。つまりそれは、日本とドイツの友好関係に傷をつけてしまうことになるのです。

苦悩する樋口季一郎の脳裏には、ある一つの思い出が蘇《よみがえ》っていました。それは、かつて樋口季一郎がロシアに赴任していた時のこと。当時、有色人種たる日本人に対する差別の目が歴然と存在していました。

しかし、そんな中でも樋口季一郎に差別することなく接してくれたのはユダヤ人でした。今こそ、あのユダヤ人への恩に報いるべきではないだろうかと思い、樋口季一郎は満州国外交部にユダヤ難民たちにビザを発給することを指示しました。

しかも、樋口季一郎がユダヤ難民に用意したのは入国ビザだけではなく、難民救済用の列車まで手配。これによって救われたユダヤ人の数は、一説には数千人にものぼると言われています。一人の日本人が自らの地位を顧みず取った行動が、多くの命を救ったのです。

一方で、樋口季一郎のユダヤ難民救済行為を知ったナチスドイツは激怒し、日本政府に猛抗議。樋口季一郎に対する処分を求めました。これをうけ、樋口季一郎は関東軍からの出頭命令を受けましたが、彼の思いは上司の心を動かし、上司はこの人道的行為を正常と判断し、この一件に関して彼を守り不問としました。

ソ連と戦う決断

その後、樋口季一郎は北海道の北方守備責任者となり終戦を迎えました。しかし、終戦直後の北の大地で再び事件が起こりました。

ソ連は日ソ中立条約を一方的に破り、日本領だった南樺太・千島に侵攻。さらに、北海道への上陸を試みたのです。終戦直後とあり日本政府が機能せず停戦を決めていた中、樋口季一郎は独断でソ連と戦うことを決断。北方に残っていた日本兵たちと共に命を懸けて北海道への上陸を阻止したのです。

しかし、樋口季一郎に北海道上陸を阻まれたソ連は激怒。ソ連は日本を占領下に置いていたアメリカに対し、樋口季一郎を戦犯と指名し、身柄を引き渡すシベリア流刑を要求してきました。

ところが、アメリカのマッカーサーがこれを断固拒否。それどころか「樋口を擁護せよ」という指示が出されたのです。さらに、日本陸軍の幹部でありながら、敗戦国の指導者を裁く東京裁判にも呼ばれませんでした。一体なぜだったのでしょうか？

ユダヤ人からの恩返し

樋口季一郎がその理由を知ったのは一九五〇年、ユダヤが生んだ物理学の権威アインシュタイン博士が来日した時のことでした。来賓としてユダヤ人パーティーに招かれた樋口季一郎は、パーティーの幹事をつとめていたミハイル・コーガンという一人のユダヤ人からある事実を教えてもらいました。

実は、樋口季一郎の引き渡しの拒否をした連合国軍総司令部の背後には、アメリカの国防総省がありました。その国防総省に影響力があったのが、ニューヨークに総本部を置く世界ユダヤ協会。樋口季一郎が助けたユダヤ難民の幾人かは、ユダヤ協会の幹部になっていました。ユダヤ人たちがアメリカ国防総省に樋口季一郎を救出するように働きかけてくれていたのです。それは、満州でのユダヤ人救出劇の恩返しでした。

戦後、駐留軍や企業の顧問就任など様々な依頼が来たものの、すべて断り隠居生活を貫いた樋口季一郎は、八十二歳で亡くなりました。

こうして、多くのユダヤ人の命を救った樋口季一郎は、「ゼネラルヒグチ（樋口将軍）」としてユダヤの歴史に名を残したのです。

感動の話をもうひとつ。

六　今も色あせることのない感謝…

『今も色あせることのない感謝：産経デジタル』井上和彦より

シベリアからの「ポーランド孤児救出」

日本―ポーランド国交樹立一〇〇年　蘇《よみがえ》る美しき絆《きずな》

日本によるシベリアからの「ポーランド孤児救出」は、ロシア革命に干渉する目的で、米国、英国やフランスなどと共同で行った「シベリア出兵」（一九一八～二二年）中の出来事だった。

当時、シベリアには十五万～二十万人のポーランド人が政治犯として流刑されるなどして暮らしていた。第一次世界大戦が一九一八年に終結し、ポーランドは独立を回復したが、前年に起きたロシア革命で帰国が困難となった。内戦もあり、多数の餓死者や凍死者が出ていた。

この惨状を知った極東ウラジオストク在住のポーランド人らが「ポーランド救済委員会」を立ち上げ、「せめて子供たちだけでも救ってほしい」と救援を打診した。日本はこれを引き受けた。

日本軍と日本赤十字は協力してシベリア各地からポーランド孤児らを収容し、ウラジオストクから敦賀港に送り届けた。日本は孤児たちを温かく迎え入れ、手厚く養護した。一九二二年八月までに救出したポーランド孤児は、計七六五人に上った。

ポーランド政府の要請に基づき、元気を取り戻した孤児たちは横浜港や神戸港から帰国した。このとき孤児たちは、愛情込めて保護してくれた日本から離れることを泣きながら拒んだのである。孤児らは船上から「アリガトウ」を連呼し、「君が代」とポーランド国歌を高らかに歌い、別れを惜しんだのだった。

ワルシャワ大学日本学科のエヴァ・パワシュ・ルトコフスカ教授は共著『日本・ポーランド関係史』（彩流社）で、次のように述べている。

《日本の人々が、ポーランドの幼い子供たちへの支援のためにいかに多くの心遣いと献身を寄せたかは、ポーランド人組織者と参加者が口々に強調するとおりである。（中略）そうした折々の雰囲気、自分たちに寄せられた温かい真心と心遣いは「シベリア引き揚げ者」の記憶に深く刻まれ、その行動や考え方に影響を与えた。滞日経験は彼らの新たな精神と社会観の源となり、彼らは帰国後もずっとそれを育みつづけたのである》

ポーランド孤児たちは帰国後、「極東青年会」という親睦団体を結成し、日本との友好親善のために活動した。第二次世界大戦時にナチスに迫害されたユダヤ人を命がけで救う者も現れた。

ポーランドが恩返しするときがやって来た。一九九五年〜一九九六年、阪神淡路大震災の被災児童らをポーランドに招待した。首都ワルシャワで高齢となったポーランド孤児四人が対面し、被災児童らを励ましてくれたのだった。

この旗振り役は当時、駐日ポーランド大使館の参事官だったスタニスワフ・フィリペック博士だった。博士はいう。

「おばあちゃんから『日本に感謝すべきことがある』といわれてきましたから、何か役に立つことができないかと考えたのでした」

昨年十一月、ワルシャワに「シベリア孤児記念小学校」が誕生した。校旗には、ポーランド孤児の小さな手を温かく包み込む大きな手＝日本をイメージしたデザインと、なんと「日の丸」が描かれていた。

一〇〇年前の救出劇への感謝は、今も色あせることはない。

ここまで記していて、ふと思い出したことがある。〝杉原《すぎはら》千畝《ちうね》〟のことが頭に浮かんだのだ。この話も是非とも読んでいただきたいと思う。

時代的には同じ頃の話である。同じ頃に日本人が別の場所で、自分の生命を、そして人生を懸けて戦争から人命救助を行っているのである。

概略を述べると、一九四〇年、ナチスドイツとソ連が対峙する戦乱の北ヨーロッパ。バルト海沿岸のリトアニアにはユダヤ難民が追い詰められていた。彼らの脱出の唯一の希望は、日本通過のビザ。

日本領事・杉原千畝は本省や周囲の反対をおして、人間の命のために、ビザ発行の決断をする。

極限状況の中で、人のあるべき道を実行した。

以下の詳細をお読みいただきたい。また、同じように原文をそのまま使用した。

七　ユダヤ人六〇〇〇人の命を救った日本のシンドラー「杉原千畝《すぎはらちうね》」

『ダ・ヴィンチニュース』より

シリア難民の問題が深刻化している。国連難民高等弁務官事務所（UNHCR）によると、二〇一五年の難民の数が六〇〇〇万人で過去最多となった。移民の受け入れを表明しているドイツの他にEU諸国も徐々に支援を広げている。遠い国のことだからと日本も他人事ではいられない。私たちにもなにかできることはないのだろうか。

そんな難民問題を考えるきっかけにして欲しいのが、『杉原千畝』（大石直紀／小学館文庫）だ。第二次世界大戦中、ナチス・ドイツの迫害からユダヤ人約六〇〇〇人の命を救った外交官・杉原千畝の物語だ。

今回の映画化で初めて杉原千畝という人物を知った人も少なくないだろう。しかし、ユダヤの人々からはいまも深い感謝と尊敬を集めている。杉原千畝は、どうして難民を救おうとしたのだろうか。

苦学生から外交官へ

まずは杉原千畝について知ってもらいたい。千畝は、一九〇〇年一月一日に岐阜で生まれる。幼くして秀才ぶりを発揮し、尋常小学校卒業時の成績は全甲（オール5）だったという。父親からは医者になるように命じられたが、英語教師を志していた千畝は家出して早稲田大学の英語科に入学する。外務省の留学生制度を利用して、満州にあるハルビン学院でロシア語を学ぶ。ここでも優秀な成績を残した千畝は、外務省書記官として働き始める。

世界を変えた「命のビザ」

日本に帰国した千畝は、友人の紹介で妻・幸子と結婚する。子供も生まれ、平穏な日々が続いたが、やがて外務省から新たな辞令が下る。そして一九三九年八月二十八日、運命の地となるリトアニアの首都カウナスの領事館へ赴任する。

その頃、ポーランドがドイツとソ連に分割占領され、ユダヤ人たちはナチスの迫害から逃れるため、入国ビザの不要になったポーランドを経由して、隣国リトアニアへと大移動を開始していた。

難民たちはビザを求めて各国の大使館、領事館を巡り歩いた。しかしほとんどの国は取り合わなかった。千畝は、領事館の柵の向こうで悄然《しょうぜん》と立ち尽くす難民の姿に胸を痛めていた。ドイツ軍に捕まったユダヤ人が虐殺を受けるのを知っていたからだ。

千畝は、満州で中国人や朝鮮人が関東軍に差別や虐待されていた光景を思い出す。日増しに難民たちを助けたいという思いがこみ上げる。しかし外務省の許可がなければビザの発給はできない。千畝は現実と理想の狭間で苦悩する。

その時、難民たちを助けるように千畝の背中を押したのは妻・幸子だった。家族の理解を得て千畝は決断した。一九四〇年七月二十九日、千畝は日本政府に無断で難民たちにビザを発給し始める。噂を聞いて日本領事館の前にはビザを求める難民たちの列が一〇〇人、二〇〇〇人と続いた。

千畝は昼夜を問わず、寝る間も惜しんでビザを書き続けた。やがて手が痺《しび》れ、腕に激痛が走るようになった。日本政府からはビザを発給しないようにとの命令も下った。それでも押し寄せる難民たちを見捨てられなかった。千畝のビザは彼らの命そのものだったからだ。

そんな日々が一か月間も続き、ついにソ連軍から強制退去命令が下る。九月五日、リトアニアから去る日が来ても、千畝は駅のプラットホームでビザを書き続けた。列車が発車する時刻になると、集まった難民たちが千畝に手を振って別れを惜しんだ。千畝の胸にあったのは、自分がもっと早くに決断していれば、さらに多くの人を救えていたという後悔だった。

そして世界が杉原千畝を認めた

帰国後、外務省から呼び出された千畝は自主退職を促される。事実上の懲戒免職だった。その後、不名誉なバッシングにも晒《さら》された千畝は、貿易業や学校教師、放送局員などの職を転々とする。そんな千畝の名誉回復に動き出したのは、イスラエルの参事官ジェホシュア・ニシュリだった。

杉原千畝

ニシュリも千畝からビザを受給され、命を救われた一人だった。国際世論の働きかけもあり、一九八五年一月十八日、千畝はユダヤ人への功績があった者に贈られる最も名誉ある称号「諸国民の中の正義の人」(ヤド・バシェム賞)を受賞する。

そして翌年の一九八六年七月三十一日、生涯を閉じた。八十六歳であった。

今度は別の観点から「日本への称賛の声」を聴いてみたいと思う。これも日本の国民性なるがゆえの現象だと思う。

八　ラグビーワールドカップ日本大会

【ラグビーW杯】カナダチームが釜石に残って泥掃除をした理由

背景に〝日本愛〟「ここまで友好的な国に…」（参考「Yahoo! Japan」）

ラグビーワールドカップ（W杯）日本大会は二〇一九年十月十三日、同日に予定されていたB組最終戦のカナダ─ナミビア戦が台風十九号の影響により中止に。

カナダは戦わずして無念の最下位が決まったが、チームは台風の爪痕が残る釜石に残り、泥掃除などのボランティア活動に参加した。大会公式ツイッターが画像付きで取り上げ、大きな反響を呼んだが、実際に参加したカナダ代表選手は「ここまで友好的な国に、できるだけの恩返しをしたかった」と日本愛を理由に挙げている。英公共放送「BBC」が報じている。

代表選手たちは釜石市内の住宅街の道路に溜まった泥を除去するためスコップを手にした。心優しきカナダ人たちは、ポリ袋に泥を詰め込むボランティア活動を行った。大会公式ツイッターなどが実際の様子を公開すると、日本のみならず海外からも称賛の嵐が巻き起こった。

何が、カナダ代表をボランティアに駆り立てたのか──。参加したSO／FBピーター・ネルソンがその理由を明かしている。

「試合がキャンセルとなって、我々は落胆しました。しかし、こんな時だから、ラグビーよりも遥かに重要なものが存在するのです。ここでは（台風で）壊された人々の住む家を何軒も見ました。そして、我々にできることであれば、どれだけ小さい役割だとしても、彼らの手助けになることはしようとしたのです」

行動の裏にあった思い「こんなにまで友好的な国ですから恩返しをしようと」

釜石に刻まれた自然災害の爪痕にカナダ代表は立ち上がった。その行動には、恩返しの意味が込められていたという。記事では、ネルソンがこうも付け加えたことを伝えている。

「この人たちのおかげで、大会が成り立っている。こんなにまで友好的な国ですから、できるだけの恩返しをしようというのが正しい道です」

日本国内での事前合宿などで地元と絆を育んできたカナダ。惜しみない声援などで大会を盛り上げてくれた日本に感謝したい。ボランティアの根源に存在した日本への愛情を明かしていた。

ピッチ上で勝敗を争うだけが、出場選手の役割ではない。釜石で見せたカナダ代表のボランティア活動は、海外メディアやファンからも大きな称賛を集めている。

ナミビアは宮古で交流会

ナミビアは滞在先の宮古で自ら打診してファン交流会を実施。大会公式ツイッターが実際の様子を画像付きで公開し、「ラガーマンは素晴らしい」「是非また日本に来て」と反響が広がっている。

最後の決戦の地、釜石のピッチに立つことなく、大会を去ることになった両国代表。台風十九号の接近により試合は中止となったが、なんとも粋な行動を大会公式ツイッターが紹介している。

カナダ代表は釜石に残り、台風の爪痕が残る住宅街でボランティアに参加。路上に積もった土砂をスコップやポリ袋を持ってかき出し、清掃活動に汗を流した。投稿直後からファンの感謝の声が殺到していた。

同ツイッターは、

「台風十九号の影響で、本日の試合が中止となったカナダ代表。そのまま釜石の街に残り、ボランティア活動を行いました」「カナダ代表の誠意と思いやり溢れる行動に心から感謝します」などとつづったが、併せてナミビアの行動も紹介した。

駅前の広場に集まった代表の面々。地元の子供たちの記念撮影に納まったり、サインやハイタッチで交流したり、誰もが笑顔でそこにいる。同国にとってW杯初勝利がかかった一戦が四年後に持ち越しとなった無念さは感じられない。

しかも、これはナミビア代表側から打診があって実現したものだという。投稿では、**「台風の被害を受けた市民を元気づけたい」とナミビア代表が市に打診して実現**
「台風の影響で試合が中止になったナミビア代表は、滞在先の岩手県宮古市でファン交流会を開催」と紹介した上で、

「台風の被害を受けた市民を元気づけたいと、ナミビア代表側から市に打診し実現しました」と伝えている。

ファンからも「ナミビア代表ありがとう！」「ラガーマンは素晴らしい」「是非また日本に来てください」「カナダと同じく素敵」「ナミビア代表側から打診とは凄いです」と感激の声が続々と上がっていた。

釜石で試合が実現しなかった両国。しかし、それ以上の思い出を地元のファンと共有してくれた。

今ここに挙げてきたカナダとナミビア両国の代表選手たち。ラグビーワールドカップ日本大会の参加のために日本の岩手県の会場まで来て、大雨と洪水の自然災害に遭遇して試合ができなかったことは口惜しかったであろうが、それを口に出し、あるいは態度で表す

 こともなく災害地の支援に尽力してくれたことに、同じ被災国に住む日本人として胸が熱くなるのは私だけではないと思う。

関連すると思うので、北日本新聞の投書欄に載っていたものを次に挙げた。

九　おもてなしの心

〝北日本新聞『けさの人』で、ラグビーW杯で出場チームの国歌を歌う活動を繰り広げた、元日本代表主将で三十八歳の広瀬俊朗さんが紹介されていた。会場になった地元の人たちが中心になって出場チームの国歌を歌って歓迎する。スタジアムに響いた歌声は、海外選手や観客、そしてテレビで観戦していた人たちにも深い感動を与えたに違いない〟

もう一つ、〝二〇〇一年六月、「オーストリアの山旅」に参加した。ザルツブルク州とチロル州の山々を満喫し、旅の最後の夜は「チロリアンショー」を楽しんだ。諸外国からの観光客が多い中、ショーの最後に、各国のヒット曲をその国の言葉で歌ってくれたが、日本人観光客には坂本九のヒット曲「幸せなら手をたたこう」だった。日本人観光客は途中から立ち上がって一緒に歌った。海外で学んだこの「おもてなしの心」は生涯忘れないであろう〟

（参考『おもてなしの心』北日本新聞十二月十八日投書欄）

◎参考資料　『魏志倭人伝』に表される日本人（倭人）の属性

前項に続いて日本国の昔からの属性、日本人の持って生まれた性《さが》とはどんなものなのかを考えてみようかと思っていたが、以前『神武以前　大和の夜明け』という作品を作成しているとき（未完成で終わった）に、資料として『魏志倭人伝』を使っていて、本書にも少し関連した部分があるので、ここで再度取り上げてみたい。
原文・読み下し文・現代文に分けて表示していく。

『魏志倭人伝』

（前略）男子無大小　皆黥面文身　自古以來　其使詣中國　皆自稱大夫
夏后少康之子封於會稽　斷髪文身　以避蛟龍之害　今　倭水人好沈没捕魚蛤
文身亦以厭大魚水禽　後稍以為飾　諸國文身各異　或左或右　或大或小　尊卑有差
計其道里　當在會稽東治之東

（※「東治」は「東冶」の転写間違いと考える）

男子は大小無く、皆、黥面文身す。古より以来、その使中国に詣（いた）るや、皆、自ら大夫と称す。夏后少康の子は会稽に封ぜられ、断髪文身して、以て蛟龍の害を避く。今、倭の水人は沈没して魚、蛤を捕るを好み、文身は、亦、以て大魚、水禽を厭（はら）う。後、稍（しだい）に以て飾と為る。諸国の文身は各（それぞれ）に異なり、或いは左し、或いは右し、或いは大に、或いは小に、尊卑差有り。その道里を計るに、まさに会稽、東治の東に在るべし。

「男子はおとな、子供の区別無く、みな顔と体に入れ墨している。いにしえより以来、その使者が中国に来たときには、みな自ら大夫と称した。夏后（王朝）の少康（五代目の王）の子は、会稽に領地を与えられると、髪を切り、体に入れ墨して蛟龍の害を避けた。今、倭の水人は、沈没して魚や蛤を捕ることを好み、入れ墨はまた（少康の子と同様に）大魚や水鳥を追い払うためであったが、後にはしだいに飾りとなった。諸国の入れ墨はそれぞれ異なって、左にあったり、右にあったり、大きかったり、小さかったり、身分の尊卑によっても違いがある。その（女王国までの）道のりを計算すると、まさに（中国の）会稽から東冶にかけての東にある」

其風俗不淫　男子皆露紒　以木緜招頭　其衣横幅　但結束相連略無縫
婦人被髪屈紒　作衣如單被　穿其中央貫頭衣之

その風俗は淫ならず。男子は皆、露紒し、木綿を以て頭を招（しば）る。その衣は横幅、ただ結束して相連ね、ほぼ縫うこと無し。婦人は被髪屈紒す。衣を作ること単被の如し。その中央を穿ち、頭を貫きてこれを衣る。

「その風俗はみだらではない。男子は皆、（何もかぶらず）結った髪を露出しており、木綿で頭を縛り付けている。その着物は横幅があり、ただ結び付けてつなげているだけで、ほとんど縫っていない。婦人はおでこを髪で覆い（＝おかっぱ風）、折り曲げて結っている。上敷きのような衣をつくり、その中央に穴をあけ、そこに頭を入れて着ている」

種禾稲紵麻　蠶桑　緝績出細紵縑緜　其地無牛馬虎豹羊鵲　兵用矛盾木弓

木弓短下長上　竹箭或鐵鏃或骨鏃　所有無與儋耳朱崖同

禾稲、紵麻を種（う）え、蚕桑す。緝績して細紵、縑、緜を出す。その地には牛、馬、虎、豹、羊、鵲無し。兵は矛、盾、木弓を用いる。木弓は下を短く、上を長くす。竹箭は或いは鉄鏃、或いは骨鏃。有無する所は儋耳・朱崖と同じ。

「稲やカラムシを栽培し、養蚕する。紡いで目の細かいカラムシの布やカトリ絹、絹綿を生産している。その土地には牛、馬、虎、豹、羊、カササギがいない。兵器には矛、盾、木の弓を用いる。木の弓は下が短く上が長い。竹の矢は鉄のヤジリであったり、骨のヤジリであったり。持っている物、いない物は儋耳、朱崖（＝中国・海南島）と同じである」

倭地温暖　冬夏食生菜　皆徒跣　有屋室　父母兄弟臥息異處　以朱丹塗其身體

如中國用粉也　食飲用籩豆　手食

倭地は温暖にして、冬夏生菜を食す。皆、徒跣。屋室有り。父母、兄弟は異所に臥息す。朱丹を以てその身体に塗る。中国の紛を用いるが如し。食、飲には籩豆を用い、手食す。
「倭地は温暖で、冬でも夏でも生野菜を食べている。みな裸足である。屋根、部屋がある。父母と兄弟（男子）は別の場所で寝たり休んだりする。赤い顔料をその体に塗るが、それは中国で粉おしろいを使うようなものである。食飲には、籩（ヘン、竹を編んだ高坏）や豆（木をくり抜いた高坏）を用い、手づかみで食べる」

其死有棺無槨　封土作冢　始死停喪十餘日　當時不食肉　喪主哭泣　他人就歌舞飲酒已葬　擧家詣水中澡浴　以如練沐

その死には、棺有りて槨無し。土で封じ冢を作る。始め、死して喪にとどまること十余日。当時は肉を食さず、喪主は哭泣し、他人は歌舞、飲酒に就く。已に葬るや、家を挙げて水中に詣（いた）り澡浴す。以て練沐の如し。
「人が死ぬと、棺に収めるが、（その外側の入れ物である）槨はない。土で封じて盛った墓を造る。始め、死ぬと死体を埋めないで殯（かりもがり）する期間は十余日。その間は肉を食べず、喪主は泣き叫び、他人は歌い踊って酒を飲む。埋葬が終わると一家そろって水の中に入り、みそぎをする。（中国での）練沐（水ごり）のようである」

其行來渡海詣中國　恒使一人　不梳頭　不去蟣蝨　衣服垢汚　不食肉　不近婦人　如

喪人　名之為持衰　若行者吉善　共顧其生口財物　若有疾病遭暴害　便欲殺之　謂其持衰不謹

その行来、渡海し中国に詣るに、恒に一人をして、頭を梳らず、蟣蝨を去らず、衣服は垢汚し、肉を食らわず、婦人を近づけず、喪人の如くせしむ。これを名づけて持衰と為す。若し、行く者に吉善ならば、共にその生口、財物を顧す。若し、疾病が有り、暴害に遭うならば、便（すなわ）ち、これを殺さんと欲す。その持衰が謹まずと謂う。

「その行き来し海を渡って中国にいたる際は、常に一人に、頭をくしけずらせず、シラミを取らせず、衣服をアカで汚したままにさせ、肉を食べさせず、婦人を近づけさせないで喪中の人のようにさせる。これをジサイという。もし無事に行けたなら、皆でジサイに生口や財物を対価として与えるが、もし病気になったり、危険な目にあったりすると、これを殺そうとする。そのジサイが慎まなかったというのである」

（中略）其俗　舉事行來　有所云為　輒灼骨而卜　以占吉凶　先告所卜　其辭如令龜法　視火坼占兆

その俗、挙事行来、云為する所有れば、すなわち骨を灼いて卜し、以て吉凶を占う。先に卜する所を告げる。その辞は令亀法の如し。火坼を視て兆しを占う。

「その風俗では、何かをする時や、何処かへ行き来する時、ひっかかりがあると、すぐに骨を焼いて卜し、吉凶を占う。先に卜する内容を告げるが、その言葉は中国の占いである令亀法に似ている。火によって出来た裂け目を見て、兆しを占うのである」

其會同坐起　父子男女無別　人性嗜酒

その会同、坐起では、父子、男女は別無し。人性は酒を嗜む。

「その会合での立ち居振る舞いに、父子や男女の区別はない。人は酒を好む性質がある」

(裴松之)注…魏略曰　其俗不知正歳四節　但計春耕秋収　為年紀

魏略(＊)いわく、その習俗では正月(陰暦)や四節を知らない。ただ春に耕し、秋に収穫したことを数えて年紀としている。

《＊『魏略』…魏の歴史を記した書、現存しない》

見大人所敬　但搏手以當跪拝　其人寿考　或百年或八九十年

大人を見て敬する所は、ただ搏手し、以て跪拝に当てる。その人は寿考、或いは百年、或いは八、九十年。

「大人を見て敬意を表す場合は、ただ手をたたくのみで、跪いて拝む代わりとしている。人々は長寿で或いは百歳、或いは八、九十歳の者もいる」

其俗国大人皆四五婦　下戸或二三婦　婦人不淫不妬忌　不盗竊少諍訟
其犯法　軽者没其妻子　重者没其門戸及宗族　尊卑各有差序足相臣服
その俗、国の大人は、皆、四、五婦。下戸は或いは、二、三婦。婦人は淫せず、妬忌せず。盗窃せず、諍訟少なし。その法を犯すに、軽者はその妻子を没し、重者はその門戸、宗族を没す。尊卑は各（それぞれ）差序有りて、相臣服するに足る。
「その習俗では、国の大人はみな四、五人の妻を持ち、下戸でも二、三人の妻を持つ場合がある。婦人は貞節で嫉妬しない。窃盗せず、訴えごとも少ない。その法を犯すと軽いものは妻子を没し（奴隷とし）、重いものはその一家や一族を没する。尊卑にはそれぞれ差や序列があり、上の者に臣服して保たれている」

以上、『魏志倭人伝』に記されている古代の倭人（日本人の祖先）についての属性（性格）に関すると思われるところを抜粋して取り上げてみたが、現在と単純に比べてみるのもどうかとも思うのだが、非常に参考になるのではないだろうか。
書かれている属性の内容を簡単にまとめてみると、
① 倭人は入れ墨をして水に潜って、魚や蛤を獲った。入れ墨は大魚や水鳥を追い払うためのものであったが、次第に飾りになっていった。入れ墨の仕方は、その土地土地で

違っていた。
②　風俗は淫らではない。
③　倭の地は温暖で、冬でも夏でも生野菜を食べている。裸足で生活し、家は屋根や部屋がある。親と子供は別の部屋で寝たり休んだりしている。赤いおしろいをつけている。食事は手づかみである。
④　人がなくなったら棺に納めて、土に埋めて墓にするようだ。埋める前に十日間ほどモガリをする。埋葬が終わると一家で水につかり身体を清める。
⑤　何かをする時や、どこかに行き来する時に、心に何か引っかかりがある場合は、骨を焼いて占いをする。
⑥　話し合いでは、親子や男女の区別はない。
⑦　四節（四季）、春夏秋冬の区別を知らない。ただ春・秋の二節を以て年紀（一年）としている。
⑧　大人（上の人）を見たときは手をたたく。ひざまずいたり拝んだりはしない。長寿で百歳、あるいは八十歳、九十歳の者もいる。
⑨　習慣では人（上の人）は四、五人の妻を持っている。下の者でも二、三人持っている。婦人は貞節で嫉妬しない（焼きもちを焼かない）。
⑩　人々は盗んだりはしない。その法を犯すと軽い者で妻子を没収、重い者は一家一族を

没収する。

一七〇〇～一八〇〇年前の我々の先祖たちの〝日常の生きざま〟が何となく浮かんでくるようである。驚くことに、半年で年を取る、ということを考えていたようだ。

また、人のものを盗むことはしないという。もし盗んだ場合の罰則は身内の者が没収されるというものだ。風俗（暮らしでのならわし）としては、みだらでない（慎みがある）という。今日《こんにち》との比較はどうかと思うが、一面では善し悪しのけじめがあったようだ。

十　世界から尊敬される日本人

『日本人はなぜ世界から尊敬され続けるのか』（黄文雄著）より

当初に挙げたが、日本の各地いたるところに起きている事件、しかもそれは年代を問わず、老若男女問わずである。

また、日本国という「社会」の見方からすると、つながりがなくバラバラになっている感じがする。「蕎麦《そば》」を作るときに入れる「つなぎ材」の入っていないソバのようなものである。

もしかすると、このように問題や事件が起こされる原因は、個人や社会に夢がないからではないのだろうか。

こんなたとえで申し訳ないが、私の身に当てはめてみると、定年で仕事から身を引いているが、冬以外は外での仕事の都合で家にはいないが、冬は家にいる。そんな時はどうしても身近なところに心が行ってしまい、日頃気にかけないところへ目や心が行ってしまう。

つまり、通常なら気にかけないものにまで心が縛られて、視野が狭い状態になっているのではないのだろうか。自分の心と視野が狭くなっている。足元ばかりに気持ちが行っていると先が見えず、周りが見えなくなってしまう。

こんな時は心機一転、空を見て、大きな山を見て、夜空に輝く遠い星を見て……気持ちを変えて先を見たい。短い人生〝明るく、楽しく、元気に！〟である。

前項で日本人の国民性を見てきたが、少し付け加えておきたいものがある。簡単にまとめた内容にしておくので、できれば書籍を手に入れてお読みいただきたい。著書名は『**日本人はなぜ世界から尊敬され続けるのか**』（黄文雄《こうぶんゆう》著　徳間書店）である。次は裏表紙に箇条書きに書かれているものである。

①　婦人は貞節《ていせつ》で、嫉妬《しっと》せず、争い事がない（『魏志倭人伝』）
②　「私はどうしても滅びてほしくない民族がある。それは日本人だ」（ポール・クローデル）
③　「日本人は不幸や廃墟《はいきょ》を前にしても勇気と沈着《ちんちゃく》を失わない」（エドゥアルド・スエンソン）
④　「世界中で日本ほど、婦人が安全に旅行できる国はない」（イザベラ・バード）
⑤　「日本の首相は敵の大統領の死を悼《いた》む弔電《ちょうでん》を送ってきた。やはり日本はサムライの国だ」（トーマス・マン）
⑥　「日本の子供は十歳でも判断力と賢明さにおいて五十歳にも見える」（ルイス・フロイス）

我々日本人の先人が、広く世界に我が身を粉にして貢献してきた姿である。

この六項目は書物の中の一部分の紹介でしかないが、広く世界において献身的と思えるほど各国の国民に対して取り組んできている。

五章　日本人の性格・属性

見てきたように、古代中国の史書『魏志倭人伝』でも「倭人（大雑把には古代の日本人）」のことが細かく紹介されてきているが、日本人とは、はたしてどんな属性（性質・特性）があるのであろうか。

以下には私なりに予想できる現在の日本人の特性と思われる性質・性格をざっと挙げてみた。まだ他にもあるのであろうが。

①規律正しい　②誠実　③礼儀正しい　④謙虚である（素直で控えめ）　⑤自制心がある　⑥つましい（質素で、贅沢しない）　⑦モラルが高い　⑧隣人との和を乱さない　⑨質実剛健である（飾らず、真面目である）　⑩衷心である（信用度のためには命を懸ける）　⑪感情が豊か

私が今思えるのはこんなところであるが、ただ心苦しいのはこの中には意味合いが同じものがあるかもしれない。また、⑨のように古来の日本武士道のもので、今日ではもはや死語化しつつあるものもあるかもしれない。しかしどれもこれも素晴らしい個性と思う。世界の民に自慢したい。

これらのことを調べていて、関連した面白い情報を得たのでここに挙げてみる。

◎世界一と称される日本人のマナー　訪日外国人が最も驚くのは…

（『産経デジタル』より）（この記事は二〇一四年十月のものである）

外国人から見てみると、いまなお日本人の行儀の良さが「クール」であることは間違いないようだ。

商談で度々日本を訪れるという三十代の米国人ビジネスマンは、心底感心した様子でいう。

「日本は公共の場所に必ずゴミ箱があるし、観光地ではゴミを持ち帰るルールも浸透している。本当にどこへ行っても街がキレイですね」

何気なく暮らしていると気付きにくいことも少なくない。

「日本人はエレベーターで見ず知らずの人にも『開』ボタンを押して先を譲りますよね。エスカレーターなら、どこにも何も書いてないのに片側をキチンと空けて急ぐ人のための道をつくっている。オ・モ・テ・ナ・シの国なんだなって思います」（シンガポール出身の女子学生）

たとえば東京は物価の高さからいえば、決して暮らしやすいとはいえない都市だし、満員電車や渋滞でも悪名高い。それでも、感心することは多いという。香港から赴任している四十代の証券マンの声だ。

「車列に入れてもらったり、道を譲ってもらった時に多くのクルマがハザードを点けてありがとうのサインをしますね。最初は意味がわからなかったのですが、みんな渋滞でイライラしてるはずなのにあくまで協調性を失わない。

有名なお店に並ぶ時の行列もそうですね。誰もインチキして順番を飛ばそうとしたりしないで大人しく待ってる。素晴らしいですよ」

近頃はベビーカーで電車に乗ることの是非が論争になったりもしたが、外国人にとっては電車内でのマナーも概ね好評といえそうだ。前出の米国人ビジネスマン。

「朝のラッシュ時でも知らない人同士が見事に綺麗に並んで、まず乗客を先に降ろし、間髪入れずに乗り込む。流れを阻害する要因が極めて少ないからこそダイヤは正確なわけですからね。夜は迷惑な酔っ払いをたまに見ますが（笑い）絶対数はすごく少ないし、女性が深夜にひとりで乗っても問題ない。みんな譲り合って座ってますものね」

日本人のモラルの低下が叫ばれることもままあるなか、外国人からみればまだまだ品位は保たれているようでひと安心である。

外資系予約サイトがかつてホテルの従業員に行ったアンケートによると、宿泊客としての日本人のマナーはイギリス、カナダ、ドイツ人らを抑えて圧倒的な一位だった。もともとの意識の高さに加え、ルールを順守する精神も強いがゆえなのだろう。

日本人の適応性が顕著に表れているといえそうなのが、分煙ルールではないか。

まだまだ満足するレベルにはないとする手厳しい向きもあろうが、千代田区で路上喫煙が禁止されてからのこの約十年、喫煙環境は様変わりし、駅のまわりや飲食店等でも様々なかたちの分煙環境を目にするようになった。それとともに、一昔前と比べれば、喫煙者のマナーも向上している。

日本駐在となった夫とともに八年前に来日した米国人女性はこんな言い方をした。

「日本人が分煙に取り組むスピード、その緻密さは凄いと思います。アメリカでは、建物内を全面禁煙にしても屋外には特に厳密な制限は設けていないので、ニューヨークでもロスアンゼルスでもビルの外ではみんな適当にプカプカやってますし、ポイ捨ても少なからずある。でも、日本人はいったん分煙すると決めたら、喫煙所をきっちりつくってそこに集まって本当にお行儀よく吸いますよね。

コンビニに行けば携帯灰皿は必ず売ってますし、空港や高速道路のサービスエリアの最新型の喫煙所なんてアメリカとは違って、屋外であっても、きっちり屋根や壁もあり、空気清浄機まで入っている所もありますよね。あれを見るとクールジャパンを実感しますよ」

東京２０２０オリンピックは、東京が世界のモデル都市であることをアピールする場になる。

「日本人のマナー劣化」は避けたいものだ。

日本人の性格について本章の冒頭に十一の項目を挙げてみたが、外国人が接した日本人について、あるいは日本に来て接した日本の性格について、全項目とも顕著に表れていると思える。

以上の資料を調べているときに、これからの日本の未来に対して非常に参考になると思われる内容の資料が身近にあったので、これは〝日本の将来に向けての道〟への重要な一つになると思い、参考として挙げておく。

外国人が多い学校の日本人女児「友達は国籍で選んだりしない」

(『news ポストセブン』より)

日本国内に居住する外国人は一九九二年の一二八万人から、昨年は二〇三万人にまで増加した。それにともない公営住宅に住む外国人の数も増えている。そうした中で特異な例が、神奈川県営いちょう団地。約三六〇〇戸の三割を外国人世帯が占め、住人の国籍は二十か国を超える。

同団地で暮らす外国人と地域社会の「共生」の取り組みは、試行錯誤を繰り返しながら続けられており、現在では自治会の役員にまで外国人のメンバーがいる。地域の防災リーダーとして、日本人を含めた五か国のメンバー二十人からなる〈防災トライ・エンジェルス〉という多国籍青年団も結成された。

十代以下の世代では、さらに融和は進んでいる。団地内にある横浜市立いちょう小学校の全生徒数は一六一人。うち外国籍や外国にルーツを持つ子供たちは一二二人と七割以上を占める。

「日本人以外の生徒でも九割は日本で生まれた子供たちです。ベトナム国籍の生徒だけでも五十八人いて、日本人のほうが少数派なので、子供たちは国籍など全然気にしてませんよ」（校長）

毎年、入学時に日本語をまったく話せない児童が三人ほどいるというが、同じ国籍で日本語も話せる生徒が通訳を買って出るため、生徒間のコミュニケーションは問題なく成り立ってしまう。

「色々いすぎて（国籍は）関係なくなっちゃう。友達は〝国〟で選んだりはしないよ」（四年生の日本人女子児童）

人口激減時代を迎えた日本人が、これから直面する「外国人との共生」という課題。その最前線は、ニッポンの団地にあった。

まさにここに書かれているとおりであろう。一つ一つがすべて身近での経験である。「子供たちが国籍を全然気にしていない」ということについては、四章　四「陽明丸…」のところで触れたとおりである。まして、子供の時にはまだ国籍についての観念はないであろう。

貿易商人の勝田銀次郎が、ロシア革命の中で孤立したポーランド人の子供八〇〇人を救った話もしかりである。

ロシアで孤立していた子供を救うためウラジオストクに着いた茅原船長は、戸惑いを見せる子供たちのことを考えて、ポーランドへ航行する前に室蘭に寄港して、そこの小学校へ向かい、打ち解けあう時間を持った。だが、言葉は通じなくても仲良くなるのに時間はかからなかった、という。

もう一つ、前述したように、「日本人が分煙に取り組むスピードと緻密さ」である。確かに物事に取り組んだときに、日本人は昔から他国とは取り組み方・力の入れようは比較にならないものを持っているように思う。

数年前に放送されたNHKスペシャル『この国のかたち』では、サブタイトルが「日本とは、そして日本人とは何か」となっていたかと思う。それを録画していたものを今思い出して、一部をここに取り上げる。そのテーマは司馬遼太郎の著書によるものだったと思う。私なりにこの章に関連するところを次に挙げてみた。

※日本人は働き者である。常に緊張している。いつも公意識（おおやけのいしき）を持っているからである。非常に高い倫理観で、公とは恩義のある人、国のことである。その見事さにおいては芸術品である。

明治時代に入っての近代化に至っては驚異的であった。

※小学校の整備はわずか八年で全国各地に設置。

※明治十九年には鉄の大量生産に。

※維新後わずか四年で郵便制度を展開する。全国の村々の旧名主に郵便事業が公務であると説き、全国に広める。

※鉄道網は、三十年余りで全国に七〇〇〇キロメートルに達した。

鎖国の江戸時代から開国して明治時代に入り、短期間で先進国の仲間入りをしたかと思えば、ものすごい勢いで追いつき、そして追い越す勢いであった。

番組では、この公（おおやけ）意識が生まれたのは坂東武士の生きざま（精神）からだと訴えているようであった。それは〝名こそ惜しけれ（恥ずかしいことをするな）〟だという。

司馬遼太郎は最後にこんな言葉で締めくくっていた。味わい深い言葉だ。

〝今後の日本はアクションを起こしたり、リアクションを受けたりすることになる。その時、「名こそ惜しけれ」とさえ思えばよい。ヨーロッパで成立したキリスト教的な倫理観にこの一言で対抗できる〟と。

日本人の性格や属性についていろいろ挙げてみたり、本章の冒頭では十一の項目を挙げてみた。これについて広く調べたり考えたりしている中で、目に留まる資料があり読んでみたが、これぞまさしく日本人の性格を言い当てていると思えるものがあり、幅広く知っていただきたいと思い、次に書き加えたので読んでいただきたい。

著書の題名は『決定版　慰安婦《いあんふ》の真実―戦場ジャーナリストが見抜いた中韓の大嘘』（マイケル・ヨン著　育鵬社）。

著者：マイケル・ヨンの経歴

・一九六四年、アメリカ　フロリダ生まれ

・一九八〇年代、アメリカ陸軍特殊部隊（グリーンベレー）に所属

・二〇〇四年からイラク戦争、アフガニスタン紛争に従軍記者として参加

・世界七十五か国をめぐりレポート
・慰安婦問題では長く埋もれていたアメリカ政府の調査報告書『ＩＷＧレポート』を再発見し、「慰安婦問題」の真実を調査し続けている。

現在は、ジャーナリスト、写真家、ブロガーとして幅広く活躍し、世界の主要メディアから注目されている。

以下は著書の中の「第二章　第二次世界大戦」の項の中の一部になります。

◎一九四一年から続く改竄《かいざん》とパールハーバー

一九四一年十二月七日、いわれなき奇襲攻撃を受けた、と言うのはルーズベルトの陰謀と改竄ですが、いまだに何千万人ものアメリカ人がそのことを疑わないのには驚きです。

あの日から続く戦闘で戦死した兵士に対してむごい仕打ちです。この日に我々は卑怯な奇襲攻撃を受けた、という作り話は、ジョン・ウェインの神話―敵は理由なく騙《だま》し討《う》ちをする―を信じているのと同じであり、ルーズベルト大統領によって誘導された「道義上の罪」を犯していることになります。

ルーズベルト大統領の作り話を信じるのは、月面着陸は嘘だったとか、世界貿易センタービルへの攻撃はアメリカ政府の手によるものだなどといった類の陰謀論信者と同じレベルです。（筆者注：つまり真珠湾攻撃は日本が奇襲攻撃したものではない、と言っているのである）

真珠湾攻撃の何年も前から米国は爆薬で日本人を攻撃していました。例えば一九三二年のロバート・ショート空爆や、一九三八年、ビンセント・シュミットが日本統治下の台湾をソ連軍と支那軍と共に爆撃したことなどが挙げられます。

ルーズベルトを正当化し続けることは、あの日から続く戦争で犠牲となった我がアメリカ国民に対しての冒涜《ぼうとく》です。

◎ダグラス・マッカーサー元帥の証言

ある海軍将校が私にこれを読むようにと送ってきました。それは、マッカーサー元帥の証言記録でした。一九五一年当時のことが今でも当てはまるから読むように、というのが理由です。

確かにこれは今現在の状況にぴったり当てはまります。まるでマッカーサー元帥は水晶玉を通して未来を見ていたかのようです。米軍人には必読です。日本人、フィリピン人、オーストラリア人、シンガポール人、タイ人、ベトナム人など、アジアの人々はみな読むべきです。マッカーサー元帥は驚くべき正確さで未来を予言しています。

以下は一九五一年四月十九日の米国議会記録「ダグラス・マッカーサー元帥の証言」からの抜粋です。

「戦後、日本国民は近代史に残る大改革を経験しました。**賞賛に値する意志力、熱心な学習意欲、**および**際立った理解力**をもって、戦後の灰燼《かいじん》の中から立ち上がった日本は「個人の自由と人間の尊厳」を掲げた殿堂を立てつつ、政治道徳、自由経済、社会正義を実行すると誓う、真に国民の代表たる政府を創り上げげました。

政治的、経済的、および社会的に、今日本は、この地球上の多くの自由主義諸国の仲間となり、二度と世界の信頼を決して裏切らないでしょう。

アジアにおけるさまざまな出来事に対して深く利益のある影響を及ぼすと期待されるということは、日本国民が先の戦争の挑戦を受け、外敵に取り囲まれた不安と混乱のなかでも前線における共産主義を食い止め、それでもなお前進することを少しもやめようとはしなかった堂々たる戦いぶりで明らかです。

私は日本に駐留する四個師団すべてを朝鮮の前線に送りましたが、そのことによる力の空白で生じる日本での影響について何らためらいはありませんでした。その結果まさに私の確信していた通りでした。

私はこんなにも穏やかな、整然として規律正しく勤勉で、人類が発展するために建設

的な役割を担おうという未来への高い志を持つ国を日本以外に知りません」

以上のマッカーサーの米国議会での「証言」記録に見える短い文の中にも、日本人についての性格が表現されている。「熱心な学習意欲」「穏やかな」「整然としている」「規律正しい」「高い志を持つ」と簡略にまとめられており、理解しやすい。

マッカーサー元帥の話の流れ、また著者のマイケル・ヨンの著書『決定版　慰安婦の真実』の流れもあり、そして今日《こんにち》の日本人にはまだまだ理解の不足していることがこの話の継続の中でも出てくるので、もう少し続けていき、読者にも実情に少しでも入り込んで理解をしていただければと思う。

続ける。

◎済州島の「四・三平和記念館」

アンドリュー・サーモン（ソウル駐在のデイリー・テレグラフの英国人記者）による素晴らしい記事です。この件に米国が関与している証拠は一つもありません。これは大きな情報戦争パズルの一部です。

「韓国の幽霊《ゆうれい》島である済州島《ちぇじゅとう》――ようやく死者が声をあげる。

七十年前、現代のリゾートである済州島にて、共産主義者とみなされた住民が急襲され、およそ三万人が虐殺された。今、その批判の矛先はアメリカに向けられている」

慰安婦ペテンについて調査するため、「四・三平和記念館」(「四・三」は一九四八年四月三日に発生した武装蜂起《ほうき》にちなみます)で一日過ごしたことがあります。四・三平和記念館は、やはり慰安婦問題について調査するために以前訪れた中国の南京戦争記念博物館を連想させました。どちらの施設も「洗脳の日」を過ごす子供たちでいっぱいでした。

たしかに済州島では虐殺がありました。もしも済州島に行く機会があればぜひ、記念館を見学してください。この記念館は、韓国人が韓国人を虐殺した歴史の事実を教えるのではなく、米国に対する憎しみを韓国人に植え付ける社《やしろ》であることがわかるでしょう。彼らは米国への憎しみをあおり立てるために記念館を利用しています。アメリカはこの件に関わりがないのにもかかわらず。

歴史の枠組みから言うと、朝鮮は合法的に自らの意志で一九一〇年に日本に併合されました。一九一〇年から一九四五年にかけて朝鮮人は日本人でした。

数十万人の韓国人が日本軍で軍務に服しました。朝鮮人は我々の敵であり、我々アメリカ人と戦いました。一九四五年八月に米国と日本／朝鮮との戦争は終わりました。米国は日本と韓国を占領しました。戦争によって日本はその国土を大規模に破壊されましたが、韓国は事実上、何も被害を受けませんでした。しかしながら今日、韓国人に話を聞くと、さも韓国が第二次大戦でどの国よりも大きな被害を受けたかのように言います。実際には何も被害を受けていません。朝鮮には侵攻や爆撃作戦は行われず、鳥やコオロギが鳴いているだけでした。

国土を破壊された日本は、みずからの国を立て直すために立ち上がりました。当時、多くのオーストラリア兵やアメリカ兵が日本の女性をレイプしたという信頼できる報告がありますが、それが引き金となった暴動などはありませんでした。（中略）

一方で、日本海をまたいだ韓国では、占領軍が新しい韓国政府をつくろうとしていました。しかし歴史上のこの時点において、朝鮮人は日本が「残忍な占領」をした、などということは一言も口にしていませんでした。なぜならそのようなことはなかったからです。

一九八三年、日本人の共産主義者である吉田清治が、「日本軍が済州島で朝鮮人女性を性奴隷にするために約二百人拉致した」との慰安婦のペテン（後に嘘だったと本人が認めた）を始めるまで、慰安婦問題は存在しませんでした。性奴隷のペテン話を造ったのは南北朝鮮でも中国でもなく、一人の日本人共産主義者だったのです。（傍線筆者）

いずれにしろ韓国人は互いを虐殺し始めました。今日、彼らは済州島で三万人が虐殺されたといっていますが、その同じ手口で、彼らは最初（本に書かれてあった通り）二百人の女性がさらわれたと主張していました。その後二千人にふくれあがり、後に二万人となり、つい最近では四十万人などという途方もない数字を出してきました。だが四十万人という数を信じさせるには無理があると悟ったらしく、二十万人に数を減らして何年もその数を使いまわしています。

慰安婦問題について書くジャーナリストの大多数はそれを信じてその数字を使うか、あるいは単におうむのように慰安婦の物語を繰り返しているだけです。普通はこんな話を作り上げることなどできません。

だが韓国人は作り上げました。

今、韓国には慰安婦博物館と慰安婦像があります。私が何度もそれらを調査している間に、済州島の情報戦士たちは「四・三平和記念館」というとんでもないものを建てました。

「四・三」の物語あるいは慰安婦の物語の目的は、韓国に日米を憎ませて溝をつくり、我々の同盟関係を断ち切ることです。（後略）

この項の後半部分は、本題からは多少外れているかもしれない。文章の流れから入れたので、そのつもりで読んでいただきたい。

六章　真の心が表れるのは涙では！

感情としては表題に掲げたとおり、喜怒哀楽の感情の表れ方の中では「泣く」こと、つまり「涙」は特別に貴いと思えるのだがいかがだろうか。

五章冒頭の⑪にも挙げたように「感情が豊か」といえると思うが、といって大げささはなく、奥ゆかしいといえばよいのだろうか、「喜怒哀楽」に伴って出てくる感情の表れなのであろう。

涙には「うれし涙」「怒り心頭の涙」「悲しみの涙」などがあるが、理屈なしに出てくる涙もある。

本書の中でもこれまでその場面をいくつか挙げてきている。書き上げてみると、

① 子供が朝食を済ませ、学校へ行った後にテーブルにあった一枚の紙きれ、子供からの請求書である。これをみて「フフフ」と笑った母親。

翌朝、子供がご飯を食べようとすると、母親からの紙切れがあった。それを見て子供はうつむいたまま大粒の涙を落としていた（二章三参照）。

② 銀《しろかね》も金《くがね》も玉も名にせむに　まされる宝　子にしかめやも

山上憶良の歌だが、読み流しているだけではわかりにくいと思うが、ジックリ味わうように意味を考えて読むと、子を思う親の心が伝わってくる（二章四参照）。

③「この戦争の責任はすべて私にある。私の一身はどうなろうと構わないから国民を救ってほしい」

終戦後、マッカーサー元帥に会われた昭和天皇の言葉である。私が京都産業大学の大石義雄教授から講義を受けた時の内容であるが、天皇は戦争の開戦には反対だったが、御前会議で決まったことに異は述べられなかった。しかし、最後は全責任を負う言葉を述べられたのである（四章　一「〇日本観」参照）。

④「トルコ　エルトゥールル号海難事件」

明治天皇に謁見し、帰途途中に紀伊大島（串本町）沖で時の台風で座礁。提督以下五八七人が遭難し亡くなり、助かったのは六十九人。しかし地元の漁民の献身的な救助がトルコにも伝わり、両国の間に深い絆が結ばれていく。一年後には日本海軍の軍艦で負傷者をトルコに送り届けた。

そして九十五年後に起きたイラン・イラク戦争で、イラン在住の日本人がイラクによるイラン攻撃の危機に迫られたとき、トルコは身動きのできない日本人に飛行機を回してくれてトルコに避難できた。謝意を述べる在留邦人に対しトルコ政府は、

「**私たちは、九十五年前の日本人の恩を忘れていません**」

と答えたという（四章　三　「九十五年後にトルコが『恩返し』」参照）。

⑤「陽明丸と八〇〇人の子供たち」

ロシア革命の戦火の中から難民状態のロシアの子供たちを救う話。これはまさに筋書きなどのない物語である。ましてその主人公たるや海運業を起こして間もない勝田銀次郎、そして抜擢《ばってき》され陽明丸の船長になった茅原基治。ウラジオストクから地球の反対側のフィンランドまでの長距離を、子供たちを運ばねばならない。勝田の会社は物を運ぶための会社だったため、私財をなげうって客船用に改造した。

そしてロシアの子供たちとなじむことにも気を配った後、フィンランドに向かった。さらに仕掛けてある機雷の危険も顧みず、細心の注意を払いながら目的地に着いた。

だが、この奇跡の物語はしばらくは世に出なかった。いや、出されなかった。航海に関わった日本人乗組員が、勝田銀次郎、茅原基治が非国民扱いされないよう口を閉ざしたからであった（四章　四　参照）。

なんと日本人はつましいのか、と思ってしまう。われこそは、と得意げに出しゃばるわけでもない。これは損な性格なのであろうか。考えてみたが、奥ゆかしい、また、他の誰かに迷惑をかけないために、との気遣いだと思う。

⑥シベリアからの「ポーランド孤児救出」

一九二〇年頃のロシアにはポーランドの政治犯およそ二十万人が流刑されていた。一九一八年に第一次世界大戦が終わり、ポーランドは独立したが、前年のロシア革命で帰国が困難となったウラジオストク在住のポーランド人が、「せめて子供たちだけでも救いたい」と救援を打診、これを日本が引き受けた。そして幾多の困難の中からポーランドに送り届けた（⑤に関連。四章　六　参照）。

そして、一九九五年の日本での阪神・淡路大震災。

ポーランド人のシベリア救出劇の子供たちの子孫が、「今こそあの時の恩を返す時」と震災の被災孤児たちを招待してくれた。そして「おばあちゃんから『日本に感謝すべきことがある』と言われてきたから何か役に立ちたかった」と。

⑦「命のビザ」

杉原千畝は一九三九年八月、リトアニアの首都カウナスの領事館に赴任する。その頃ポーランドはドイツとソ連に分割され、ユダヤ人はナチスの迫害から逃れ、リトアニアへ移動していた。難民たちはビザを求めて各国の大使館、領事館を巡り歩いた。杉原千畝は領事館の柵の向こうで立ち尽くす難民に胸を痛めた。しかし外務省の許可がないとビザは発給できない。

その時、難民たちを助けるように千畝の心を支えたのは妻・幸子だった。胸のつかえがとれた千畝は、それからは日本政府に無断でビザを発給し始める。その噂を聞いて訪れる難民がますます増え、杉原は時間を惜しんでビザを書き続けた。

領事館からの退去命令が出ても、駅のホームでも書き続けた……。（四章　七　参照）

このような内容の話題は数多くある。非常に大きな仕事をしているのに驕《おご》るわけでもなく、威張るわけでもなく、大きな声で怒鳴るわけでもなく、ただ淡々と自分の信念に準じて行動しているようだ。これが日本人の本来の姿なのであろう。

いま、日本は、この一番大事な本来の〝心〟を見失っているのではなかろうか！

〝お笑い〟のタカアンドトシが舞台で観客を笑わせる〝欧米か！〟。

いま、あえて言いたい。日本人よ、本来の姿に戻ろう！

七章　懐かしく歌い継がれる日本人の心の歌

よく知られていると思う歌について、少し紙面を割きたい。

いくつか挙げていくが、日本人なら誰しも知っている歌であり、心に響く歌であり、そして日本人らしい歌であろう。聴いていると、時には感極まることもある。明るい歌であれ、悲しい歌であれ、いずれにしてもいつ聴いても味がある。

まず、子供にも人気がある歌から。以下はインターネットからのもの。


『さんぽ』〈となりのトトロ〉中川李枝子・作詞

歩こう　歩こう　わたしは元気　歩くの大好き　どんどん行こう
坂道　トンネル　草っぱら　いっぽん橋に
でこぼこ砂利道　くもの巣くぐって　下り道

フラッシュ・モブでの動画を見たが、数人のグループが何とはなしに演奏をし始めると、老若男女問わず、次第に集まってきて口ずさみだした。

見ず知らずの人々が一つの合唱団になっていく。童謡のようだ。

周りの人々、そして子供たちを和ませる、一緒に歌わせる力がある。

街角で歌うフラッシュ・モブとはいいものだ。まさに〝ソバのつなぎ〟だ。

『もしも明日が…。』 荒木とよひさ・作詞

懐かしい歌がある。日常はもはや聴かない歌であろうが、いま改めて聴けば何ともいえない歌であり、歌詞だ。また〝欽ちゃん〟でお馴染みであり、歌っていた「わらべ」という女の子のグループも覚えておられよう。

欽ちゃんのお笑い劇団の舞台は、家庭に笑いと明るさを運んできた。こんな番組は再放送の価値があると思う。子供への家庭教育の環境に良いと思うのだが。

この歌は「欽ちゃんのどこまでやるの」のテレビ挿入歌だったと思う。

もしも明日が　晴れならば　愛する人よ　あの場所で……

インターネット上のコメントでは、四十代の男性が「子供の頃を思い出す」と記している。ほかに「その頃、母親は水商売で家におらず、夜は独りぼっちで泣いていた思い出があるが、今では『明日は頑張ろう！』とやる気になる歌です」とも。

『瀬戸の花嫁』　山上路夫・作詞

瀬戸は日暮れて　夕波小波　あなたの島へ　お嫁に行くの
若いと　だれもが　心配するけれど
愛があるから　大丈夫なの
段々畑と　さよならするのよ
幼い弟　行くなと泣いた
男だったら　泣いたりせずに
父さん母さん　大事にしてね

インターネット上のコメントでは、「最高で心打たれる歌。日本人で良かった」「祖母が亡くなる前に最後に歌った歌。祖母に成人式の写真を見せたかったけど、その前に亡くなってしまった。今度ボランティアで祖母がお世話になった病院へ行って、祖母と同じ病気と闘っている人に、この歌を歌って聴いてもらいたいと思っています」と。

このメロディ、歌詞、どれをとっても聴いている者にとっては申し分がない。心に迫るものがある。特に「…幼い弟　行くなと泣いた　男だったら　泣いたりせずに　父さん母さん　大事にしてね…」のところは感ずるものがある。まさに感涙の場面である。

『春のおとずれ』　山上路夫・作詞

1. 春のなぎさを　あなたとゆくの　砂に足跡　のこしながら
はじめて私の家《うち》に　ゆくのよ
恋人がいつか　出来たらば家《うち》へ
つれておいでと　言っていた父
夢に見てたの　愛する人と
いつかこの道　通るその日を

2. お茶をはこんだ　障子の外に
父とあなたの　笑う声が
聞こえて来たのよ　とても明るく
幸せなくせに　なぜ泣けてくるの
母のほほえみ　胸にしみたわ
帰るあなたを　見送る道は
おぼろ月夜の　春の宵《よい》なの

最初は一番の歌詞だけを書いていたのだが、二番の歌詞も素晴らしいので付け加えた。

歌詞にもあるが、幸せなのに涙が出てくる、また、言葉を出さずに隣で明るく微笑んでいる母親の姿が非常にまぶしく感じる。

若い二人の情感漂う雰囲気、そして若さの新鮮さ、また穏やかな家庭環境までが想像される。

インターネット上のコメントにも、「いい曲で感動する」「ほのぼのとした和やかな風景が浮かび、こんな昔に戻りたいと思う」「温かみのある純な曲」などの声が寄せられている。

コメントを見て、みんなもそんな気持ちでいるんだなあと思うと嬉しくなる。日本人の心もまだしっかりしている、と安心する。

『あなた』　小坂明子・作詞

もしも私が　家を建てたなら　小さな家を　建てたでしょう
大きな窓と　小さなドアーと
部屋には古い　暖炉があるのよ
真赤なバラと　白いパンジー
小犬の横には　あなた　あなた　あなたがいてほしい

それが私の　夢だったのよ
愛しいあなたは　今どこに

歌詞を読んでいると、つい口ずさんでしまう。

インターネット上のコメントにも、「あれから四十数年経っても、まだこの曲を愛している」「人生っていいなと思う」「時代を超えて愛される曲」とある。

穏やかで、ゆったりとした、柔らかい流れで、聞いていて心が落ち着く歌詞であり、メロディーだ。母親の懐にいるような感じがしないだろうか。せせこましく、落ち着かず、そして刺々《とげとげ》しくなっている現代人に必要になっているリズムでなかろうか、と思うのだが。


『サンセット・メモリー』　竜真知子・作詞

ドラマの曲で、犬をテーマにしたこんな曲もある。捨てられた犬が大自然の中をさまよい、一時は野犬らと時間を共にしながらも、野良犬にはならずに、元の主人を……。

犬の立場で見ていると、なぜか涙が出てきたことを思い出す。

以下は二番の歌詞を書いた。

歩き疲れて　Far away　うつむく心いやすのは　今もあなただけ

はなればなれの時が　きっとこの愛強くする　一人信じてる
ブロンズの風の中、見つけたメモリー　悩みなき遠い日の　私になって
あのひとの胸の中　駆けてゆきたい　あの日のまま
ブロンズの風の中　きらめくメモリー　幸せを手ばなした　ひとは迷い子
なにげなく見送ったうしろ姿が　ただ一度だけの愛と　気づいたあの日

インターネット上のコメントでは「殺処分がなくなる日本に」「最終回は感動した」などドラマの内容に関するものが多いが、「ストーリーにマッチした切なく素晴らしい歌」「昭和時代の歌だけど古さが感じられない名曲」など、曲への称賛の声も多い。

『世界に一つだけの花』　槇原敬之・作詞

この歌は、曲もリズムも素晴らしいが、歌詞がとてつもなく深い味わいがある。詞を読んでいるとジーンとくる。勝手な思いだが、日本人だからこそ感じられる感情でなかろうか。

花屋の店先に並んだ　いろんな花を見ていた
人それぞれ好みはあるけど　どれもみんなきれいだね

この中でだれが一番だなんて　争うこともしないで
バケツの中誇らしげに　しゃんと胸を張っている
それなのに僕ら人間は　どうしてこうも比べたがる？
一人一人違うのにその中で　一番になりたがる？
そうさ僕らは　世界に一つだけの花　一人一人違う種を持つ
その花を咲かせることだけに　一生懸命になればいい

インターネット上のコメントでは、「小学生のとき音楽の教科書に載っていた」「この曲のおかげでいじめによる自殺を思いとどまった」「みんなに愛されている曲」「涙が出る。心に響く曲」などさまざまな声が寄せられている。

『花は咲く』　岩井俊二・作詞

この歌は「東日本大震災」の復興応援ソングであることは誰もが知っていると思う。

真っ白な雪道に　春風香る　わたしは　なつかしい　あの街を思い出す
叶えたい夢もあった　変わりたい自分もいた
今はただなつかしい　あの人を思い出す

誰かの歌が聞こえる　誰かを励ましてる
誰かの笑顔が見える　悲しみの向こう側に
花は　花は　花は咲く
いつか生まれる君に
花は　花は　花は咲く
私は何を残しただろう

インターネット上のコメントには、当時の震災時の状況も記されているが、命の大切さや「歌詞の意味を考えると涙が出る」「この曲を聴くと自分に何が残せるのか考える」などの思いとともに、「この歌に勇気づけられる」といった感想も寄せられている。

コメントにもあるように、歌の背景を思い出しながら聞いていると涙が出てくるという方は多いと思う。のちに知ったのだが、生徒が集団で避難途中に津波に遭ってのまれるなど、非常に痛ましい、悲しい災害であった。

災害列島日本。テレビや新聞でニュースを見たり読んだりしたが、大きな自然災害は非常に悲劇である。言葉では表現できず、ただ涙が出てくる。大地が割れ、大きな津波が目の前に迫ってくる。まるで特撮の映画を見ているようだが現実だ。日本はこんなことを古代から経験してきている。日本の団結心・民族心・助け合いの心は、このような経験から自然に身に付けてきているのだろう。

資料を調べていると、古くは六七八年に筑紫地震、また六八四年に白鳳地震を経験している。天武天皇の時代である。以上は『日本書紀』に記録として残っているということだ。我々の先祖もたびたび大地震など自然災害に遭遇してきたのだ。

『栄光の架橋』　北川悠仁・作詞

これも素晴らしい楽曲である。詞と曲がまさに一致しており、リズムも良く懐《ふところ》に沁《し》み込んでくるように思う。自分への応援歌であろう。先にコメントから紹介したい。

「小学校の卒業生をこの曲を演奏して送る予定だったが、コロナの影響で取りやめになったのが残念」「卒業なんてしたくない。ずっとみんなで笑っていたい」「受験勉強で苦しんでいるとき、たまたま聴いたこの曲に励まされた」「教科書に載せてほしい」などなど。

コメントに書かれたとおり、静かな曲で勇気を与えるムードを持っているのであろう。

次に挙げるのは二番の歌詞である。

悔しくて眠れなかった夜があった
恐くて震えていた夜があった
もう駄目だと全てが嫌になって

逃げ出そうとした時も
想い出せばこうしてたくさんの支えの中で歩いて来た
悲しみや苦しみの先に　それぞれの　光がある
さあ行こう　振り返らず走り出せばいい
希望に満ちた空へ…

希望を与えてくれる楽曲であり、力が湧いてくる。学生時代には誰もが思い至った内容の詞だと思う。

さて、ここからのものは少し趣が変わる。非常に懐かしさが感じられる。

『かあさんの歌』　窪田聡・作詞

母が我が子のために夜を徹して手袋を編んでいる姿を思い浮かべると、誰もが身にジーンとくるであろう。これが日本の母親の古来の姿なのではなかろうかと思う。母親とは非常に尊い存在である。

そうかと思えば、狂っているとしか思えない話もある。考えられない話だ。インターネットのニュースに掲載された次の内容である。公開ニュースなので実名で記した。

【野田女児虐待死】
　父に懲役18年求刑
　検察側「虐待で死亡は明らか」「拷問と表現してもいい」
　千葉県野田市立小4年の栗原心愛（みあ）さん＝当時（10）＝が昨年1月、自宅浴室で死亡した虐待事件で、傷害致死などの罪に問われた父親の勇一郎被告（42）の裁判員裁判の論告求刑公判が9日、千葉地裁（前田巌裁判長）で開かれ、検察側は「心愛さんの母親らの証人の証言は十分に信用でき、虐待行為で死亡させたことは明らか。凄惨（せいさん）で非道な犯行で、拷問と表現してもいい程」として懲役18年を求刑した。

大変な事件である。被害者は小学四年生、まだ十歳の女の子である。事件が起きたのは二〇一九年一月である。記憶にある方もあろう。これはもはや躾《しつけ》の次元を外れてしまっている。言葉で表せない鬼畜の世界だとしか思えない。
これくらいにして歌のほうを進める。

かあさんは　夜なべをして　手袋あんでくれた
木枯《こが》らし吹いちゃ冷たかろうて　せっせとあんだだよ…

ふるさとのたよりはとどく　いろりのにおいがした
かあさんが麻糸つむぐ　一日つむぐ
おとうは土間でわら打ち仕事　おまえもがんばれよ
ふるさとの冬はさみしい　せめてラジオ聞かせたい

かあさんの　あかぎれ痛い　生みそをすりこむ
根雪もとけりゃ　もうすぐ春だで　畑が待ってるよ
小川のせせらぎが聞こえる　なつかしさがしみとおる

歌詞を読んでいると、子供に寒い思いをさせたくないと一心に夜遅くまで手袋を編んでいるおふくろの姿が浮かんでくる。頭に白い手ぬぐい、そして白い前掛け、モンペ姿の様子までが頭に浮かんでくる。一時期までの母親の姿であろう。今は見ない。まさに愛しい姿である。

・

インターネット上のコメントには、「祖母がこういう人だった。親のいない自分を育ててくれた祖母。必ず恩返ししたい」「私の母はこの歌のとおり。涙が出る」「童謡っていいなあ…」「母親のありがたさと温かい心が身に染みる」など母への感謝の思いが寄せられているが、「オレオレ詐欺に聴かせたい」というのもあった。

一つ一つの母へのコメントを読んでいるとこちらも胸が熱くなって嬉しくなる。この母への思いがある限り日本の社会はしっかりしているだろう。

いろいろ調べていたら「親の恩に関することわざ」について書かれていたので参考までに以下に挙げてみた。

「木村耕一ＢＬＯＧ」(https://kimura051.hatenadiary.org/) から引用させていただく。

◎**親の恩に関することわざ**

親の恩は山より高く、海よりも深いものだ！

子を持って知る親の恩とは、自分が親の立場になって初めて子育ての大変さがわかり、親の愛情深さやありがたさがわかるということ。

——**子を持って初めてわかる親の恩**

「親の恩」を説いた江戸時代の大名といえば、米沢藩の上杉鷹山（うえすぎようざん）が有名です。

鷹山は、孝行者がいると聞くと、褒美を与えるようにしていました。藩主であった十九年間に、孝行で褒賞《ほうしょう》を受けた者は、八十五人以上になるといわれています。

どういう気持ちで親に接するのを「孝行」というのでしょうか。鷹山は、次のように教えています。

「**父母の恩は、山よりも高く、海よりも深い。**

この恩徳に報いることは到底できないが、せめてその万分の一だけでもと、力の限り努めることを孝行という。その方法にはいろいろあるが、結局は、この世に生んでくださったご恩を常に忘れず、父母をいたわり、大切にしようとする心が、最も重要なのです」

ここまで書いていて気がついたのだが、日本という国の古来の真髄はここにあったのではないだろうか。

神社に祀られている神様（御祭神）は親であり、先祖である。日本では古代から続いている神社へのお参りが各地で行われてきているが、それはつまり、親であり先祖へのお参りを続けてきているわけである。

もう少し日本の歌を続ける。

『四季の歌』　荒木とよひさ・作詞

春を愛する人は　心清き人
すみれの花のような　僕の友達

夏を愛する人は　心強き人
岩をくだく波のような　僕の父親

秋を愛する人は　心深き人
愛を語るハイネのような　僕の恋人

冬を愛する人は　心広き人
根雪をとかす大地のような　僕の母親

インターネット上のコメントには、「心が洗われる。優しい母や家族を思い出す」「子供の頃、音楽の若い女の先生に教わった歌。いい先生だった」「この歌を聴くと、子供の頃に一緒に過ごした祖母のことを思い出す」など。

とても優しい歌で心が洗われるようだ。まさに日本の歌であろう。

小学生の頃からこのような歌を習っておけば優しい、素直な子になると思う。子供の教育に良いと思うのだが。

『みかんの花咲く丘』　加藤省吾・作詞

みかんの花が咲いている　思い出の道　丘の道
はるかに見える　青い海
お船が遠く　かすんでる

黒い煙をはきながら　お船はどこへ行くのでしょう
波に揺られて　島のかげ
汽笛がぼうと　鳴りました

何時か来た丘　母さんと　一緒にながめた　あの島よ
今日も一人で　見ていると
優しい母さん　思われる

インターネット上のコメントには、「祖母と一緒に歌った思い出がある」「三番の歌詞を聴くと亡き母を思い出して涙が出てくる」「戦後の誰もが貧しかった時代、母とみかん畑で歌った。貧しくとも皆親切だった、日本人に生まれて良かった」「後世に残していきたい歌」などが寄せられている。

続けてもう一つ。

『七里ケ浜の哀歌』　三角錫子・作詞

真白き富士の嶺《ね》　緑の江の島
仰ぎ見るも　今は涙
帰らぬ十二の　雄々《おお》しき御魂《みたま》に
捧げまつる　胸と心

ボートは沈みぬ　千尋《ちひろ》の海原《うなばら》
風も浪も　小《ち》さき腕《かいな》に
力も尽き果て　呼ぶ名は父母
恨みは深し　七里ケ浜辺

み雪は咽《むせ》びぬ　風さえ騒ぎて

月も星も　影をひそめ
御魂よ何処に　迷いておわすか
帰れ早く　母の胸に

み空に輝く　朝日のみ光
暗《やみ》に沈む　親の心
黄金《こがね》も宝も　何にし集めん
神よ早く　我も召せよ

美しい歌だと何気なく思って聞いていたのだが、一番の歌詞に「帰らぬ十二の　雄々しき御魂」とあったので、この歌には何か悲しい背景があると思い調べてみた。やはりあった。次のとおりである。

〝真白き富士の嶺《ね》は、逗子開成中学校の生徒十二人を乗せたボートが転覆、全員死亡した事件を歌った歌謡曲である。

「真白き富士の嶺」、「七里ヶ浜の哀歌」とも呼ばれる。一九三五年、一九五四年にはこの事件を題材にした同名の映画にもなった（なお一九六三年公開の日活による同名映画は事件とは関係ない)。〟

インターネット上のコメントには、逗子開成中学校の卒業生からの哀悼の意や、「悲しすぎる歌」「亡き母が好きだった歌」「悲しい事故の鎮魂歌として美しい調べで奏でられている」「昔は悲しい事故を歌として残すことに疑問を抱いていたが、今は遺族の気持ちに寄り添えるような気がする」「なくしてしまった日本人の心を表しているように思う」など、さまざまな声が寄せられている。

『もみじ』　高野辰之・作詞

秋の夕日に　照る山紅葉
濃いも薄いも　数ある中に
松を彩る楓《かえで》や　蔦《つた》は
山のふもとの　裾模様《すそもよう》

渓《たに》の流れに　散り浮く紅葉《もみじ》
波にゆられて　離れて寄って
赤や黄色の　色様々に

インターネット上のコメントには、「日本語は美しい！」「子供の頃を思い出す」「日本には四季があるから大好き」「日本人に生まれて良かった」「家族でパートを分けて合唱しています」「童謡の中でも一番心に残る歌。後世に残したい」などの声が寄せられている。

これぐらいにしておきたい。だが、ここに書き残しておきたかった歌はまだたくさんあった。またもう一つの心残りは、音曲もあわせて聴いてもらいたかった。しかし、これはどうしようもなく、それが残念で心残りである。

載せてきた歌は、いずれも温かく心に届く歌で涙を誘うものばかりであったと思う。幼い時にこのような優しい、心ある歌に親しんでいれば、大人になっても大きく道を外すことはないのではないかと思う。大分年齢を経た今の私の心にも多くの歌が残っており、何かの時に思い出される。

童謡、唱歌は今も学校で習っているのだろうか。末永く子孫に残し、伝えていってほしい歌だ。

八章　日本人の心と民族意識は古代から続く

　私たちが子供の頃に読んだり聞かされたりしてきた童話《どうわ》に、『浦島太郎《うらしまたろう》』『かぐや姫』『酒呑童子《しゅてんどうじ》（金太郎《きんたろう》）』『一寸法師《いっすんぼうし》』『桃太郎《ももたろう》』などがあった。

　おじいちゃん・おばあちゃん、あるいはお父さん・お母さんから物語のように聞かされてきたと思う。多くの方たちの心の奥底にも眠っていると思う。常日頃考えているわけでもないのであろうが、ちょっとしたきっかけで思い出されてくるのである。

　これらの作者は子供に聞かせるためだけに物語を作ったわけではないであろう。その時代に該当する何かを、いや、実際に起きた何かを後世に伝えたかったのではなかろうか。単なる子供向けの創作童話であったとは思えない。

一　『浦島太郎』

例えば『浦島太郎』を覗《のぞ》いてみよう。


むかしむかしあるところに浦島太郎という若い漁師がいました。

漁を終えて海岸を歩いていると、子供たちが小さな亀をいじめていました。

太郎は子供たちに言いました。

「小さな亀をいじめてはかわいそうだから逃がしておやり。獲ってきたこの魚をあげるから」

太郎は子亀を逃がしてやりました。

太郎が、またいつものように漁をしていると、大きな亀が近づいてきて言いました。

「私は助けていただいた亀の母親です。お礼に竜宮城へお連れしたいと思います。どうか私の背中に乗ってくだささい」

太郎が背中に乗ると、海の底へ底へと潜っていきました。

まもなく大きな御殿が現れ、そこには乙姫《おとひめ》様がいました。乙姫様が言いました。

「太郎様、よく亀を助けてくださいました。さあ、この竜宮でごゆっくりしていってください」

太郎は大きな部屋に案内されて、もてなされました。こうして太郎は楽しい日々を過ごしておりました。

そんなある日、太郎は古里の夢を見ました。お母さんが洗濯をしていました。この夢を見て太郎はお母さんに会いたくなりました。太郎はお姫様のところへ行って言いました。

「そろそろ家に帰ります。ありがとうございました」

乙姫様は言いました。

「そうですか、仕方ありません。ではこの玉手箱を持って行ってください。でも、この箱は決して開けてはいけません」

太郎は玉手箱をもらって、また亀の背中に乗って帰りました。

海岸に着いてあたりを見回すと、どこかおかしいのです。確かに古里なのですが、道も家も変わっていました。太郎は通りかかった人に聞きました。

「私の名は浦島太郎といいますが、私の家はどこでしょうか?」と。

すると村の人は答えました。

「そんな人は知らないね。そういえば一〇〇年も前にそんな名前の若者が船で沖に出たまま帰らなかったと聞いたことがあるけど……」

そうか、私は竜宮には七日間しかいなかったけれど、ここではもう一〇〇年もたってしまっていたのか。太郎は悲しくなり、どうしていいのかわからなくなってしまいました。

そうだ、この玉手箱を開けてみよう。太郎はお姫様からもらった、開けてはいけないといわれた玉手箱を開けてしまいました。

すると、白い煙がもくもくと噴き出し、その煙を浴びた太郎はたちまちひげも髪も真っ白になり、腰の曲がったおじいさんになってしまいました。おしまい。


こんな感じである。この話、覚えておいでであろうか。

聞いていて、また読んでいて、すぐには理解できないところがいくつかある。人間が海の底へ底へと潜っていけるものであろうか。いや、この種の疑問は子供用の物語に対して大人げないと一笑されてしまうかもしれないが。

次の疑問は、しばらく竜宮にいた浦島太郎がそろそろ古里に帰りたくなってお姫様にそのことを告げた時に〝仕方ありません。お礼に玉手箱を差し上げます。しかし決して開けないでください〟と伝えたが、差し上げた玉手箱なのに、なぜ開けてはならないのだろうか。

ついでにもう一つ。竜宮城にいたのは七日間と思っていたのに本当は百年だったといっているが、こんなに違うのはなぜであろうか。

ところで、この童話の時代はいつ頃のことを想定しているのか。あるいは単なる創作物語に過ぎないのであろうか。『おとぎ話に隠された古代史の謎』(関裕二著　PHP文庫)から引いてみた。

〝「むかしーむかしー浦島はー」と歌い継がれてきた浦島太郎。さてここに言う「むかし」とはどのくらい昔なのであろうか。浦島太郎は、そんじょそこらの伝承とは少しわけが違う。八世紀に誕生した『日本書紀』『古事記』『万葉集』『風土記』といった古代史を代表する文書のことごとくが、「昔々～」と、浦島太郎(浦嶋子《うらのしまこ》)を記録しているのである。つまり、八世紀の宮廷人たちにも、浦島太郎は知れ渡っていたのであり、正史が取り上げるくらいだから、どうしても後世に残さねばならぬ伝承だったわけである。それも大まじめに……。〟

子供の頃に聞かされたこの物語はおとぎ話として聞いていたが、現実に起きていたことを物語として文書に表現したものだったらしい。しかも『万葉集』を含め『日本書紀』『古事記』などの現在目の当たりにしている古代日本の歴史書に記録されていることに驚く。

ところで、「むかし」とはいつのことか。続ける。

〝正史『日本書紀』は浦島太郎が雄略天皇の時代の人であったとしている。この天皇は五世紀後半の倭の五王の一人とされている。そして『日本書紀』は、浦島太郎がこの時代に実在していたと伝えている。浦島太郎は竜宮城に三年いて、帰ってきたら三〇〇年後だったのだから、五世紀後半の人といっても、もともとは二世紀後半〜三世紀頃の人だったのか、あるいは、八世紀後半に「あちらからこちら」に戻ってきて玉手箱を開いてしまったのか、どちらかということになるが、どうやら前者が正しいようだ。というのも、浦島太郎とそっくりな人物が、ヤマト建国の直前にひょっこり歴史に登場しているからだ。〟

（筆者注：話・解説によっては、「竜宮城に三年いたが戻って老人に話すと七〇〇年過ぎていた、というものがある。どこからこの違いが出てくるのかはまだ調べていない。是非調べてみてほしい）

『古事記』は、九州の神武天皇が「ヤマト建国」を目論み瀬戸内海を東に進んでいた時、海の彼方から釣竿を抱え、亀に乗った男がやってきて、水先案内を買ってでた、と記している。『古事記』はこの人物を「浦島太郎」だったとは断定していないが、身なりはそっくりで「浦島もどき」がヤマト建国のクライマックスに登場していた事実を無視することはできない。

次に先の［浦島もどき］の写真と記事を掲載するので十分見ていただきたい。

丹後一宮
元伊勢　籠神社本殿

倭宿禰命像

住所　京都府宮津市

祭神　主祭神　彦火明尊《ひこほあかりのみこと》

相殿　豊受大神《とようけのおおかみ》　天照大神《あまてらすおおみかみ》　海神《わだつみのかみ》　天水分神《あまのみくまりのかみ》

祭神は別名を天照国照彦火明命《あまてるくにてるひこほあかりのみこと》ともいい、天孫邇邇藝命《ににぎのみこと》の兄弟神。天祖から息津《おきつ》鏡《かがみ》・邊津鏡《へつかがみ》を賜り、海の奥宮である冠島《かんむりじま》に降臨され、丹後・丹波地方に養蚕や稲作を広め開拓された神様。

写真は、天橋立で名高い宮津市の丹後一宮、元伊勢神社とも称される「籠神社《この》」の奥宮である。「真名井《まなない》神社」の横には、「倭宿禰命《やまとのすくねのみこと》」の像が建っています。

一目、まさに浦島太郎である。以上、参考になればよいが。

〝丹後半島の籠神社の伝承では、豊受の大神が、「籠」の中に入って天から舞い降りたという。豊受大神は天羽衣伝承で名高いが、この天羽衣を盗まれた豊受大神は、空を飛べなくなったというから、羽衣は［水鳥］のイメージであり、だからこそ［籠］に入って、この世に姿を現したと考えられているのであろう。〟

この後、話は「神功皇后」・「蘇我氏」・「推古天皇」が絡んで続いている。

次に『竹取物語』を取り上げたい。これは「日本最古の物語」といわれている。

二　日本最古の小説『竹取物語』

参考資料として、さきほどの『おとぎ話に隠された古代史の謎』で進めていきたい。著者ははじめに『竹取物語』を、『源氏物語』を引き合いにして進めている。

〝源氏物語の作者紫式部は、八世紀に成立した正史「日本書紀」を酷評するいっぽうで平安初期の『竹取物語《たけとりものがたり》』を、「物語りの出で来はじめの祖《おや》」と絶賛している。このような峻別《しゅんべつ》（筆者注・明確な区別のこと）には、明確な理由があったように思われる。

それは『竹取物語』のクライマックスに記されている。かぐや姫を迎えに来た月の天人たちはかぐや姫に向かって、「いざ、かぐや姫。穢《きたな》き所にいかでか久《ひさ》しくおはせん」と語りかける。ここにいう「穢き所」とは、かぐや姫の育った平安の社会であり、辛辣《しんらつ》な社会批判が織り込まれていることが容易に想像の付くところだ。

しかもその主張は極めて具体的である。時の権力者である藤原氏を糾弾していたのである。〟

『竹取物語』は単なる童話、物語の類いではなく、社会風刺の書物であったのである。読み進めていくうちに、確かに登場する人物も対比してみると、当時の人物と全く同じになっていることが理解できよう。

著者は続ける。

〝かぐや姫は竹取の翁《おきな》に竹の中から拾《ひろ》われ、翁の家を豊かにし、成長するにおよんで、その美しさに世の男性は黙っていられなくなったという。しかしかぐや姫は、言い寄る貴人たちに難題を押し付け、しりぞけた。帝《みかど》からの入内《じゅだい》（筆者注・皇后《こうごう》・中宮・女御になる人が天皇の御殿に入ること）の要請も断り、そうこうしているうちに、月の都の天人たちがかぐや姫を連れ戻しに来る。

問題は、かぐや姫に言い寄った五人の貴公子たちで、彼らが実在の人物であったことは、すでに江戸時代の国学者、加納諸平《かのうもろひら》の指摘しているところである。加納諸平は、『公卿補任《くぎょうぶにん》』という古代の官僚名簿に、『竹取物語』の出演者の顔ぶれを発見している。それは、八世紀初頭の朝堂（筆者注：天皇が早朝に政務・国技大礼を行う庁舎）を牛耳っていた高級官僚たちだったのだ。

八世紀の初頭は、歴史の大転換期といえた。三世紀の大和朝廷誕生以来、朝廷の中枢にあった旧豪族層が没落し、また、律令という法体系の完成によって、社会システムそのものが変貌していく時代であったのである。平安時代の基礎もこの時に作られたものだ。（中略）

つまり、はっきり言ってしまえば、『竹取物語』の呪《のろ》った「現世《げんせ》」とは、ようするに「藤原の世」なのであって、ちょうど彼らが台頭し始めた時期の役人たちをこき下《お》ろしているところに、『竹取物語』の真骨頂《しんこっちょう》がある。〟

確かに印象としては、学校で習った社会科で飛鳥時代に、藤原（中臣）鎌足そしてその次男である藤原（中臣）不比等がいきなり世に現れたように感じた。この『竹取物語』の作者は藤原の世に対し物語の中で目いっぱいの抵抗をしていた、ということになる。

藤原の世を呪った『竹取物語』について、『おとぎ話に隠された古代史の謎』の著者はさらに次のように続ける。

〝じつをいうと『源氏物語』も、平安時代を支配した藤原氏と反発した源氏、という図式を背景に描かれたもので、紫式部の酷評した『日本書紀』が藤原氏のために書かれた歴史書だったから、『竹取物語』と『源氏物語』のモチーフ（筆者注・芸術を表現する動機・着想）はどこかでつながっていたのかもしれない。〟

としている。

ところで、物語に出てくる「五人の貴公子」とは誰なのか。

まず最初に『竹取物語』にはどのように出てくるのであろう。いろいろ調べていると、面白い解説（参照https://study-z.net/14139/2）があったのでそれも交えて進めてみたい。いま一度子供の世界に戻ってみたい。

〝出だしの「今は昔」はこのころの物語の冒頭につく慣用句で、「今となってはもう昔のことだが」という意味です。要するに、「むかーし、むかし、あるところに〜」と私たちが子どものころに聞いたおとぎ話の語り始めと同じですね。

『竹取物語』の解説を始めるにあたって、まず物語のあらすじから復習していきます。

昔、竹を取って様々なことに使っていた竹取の翁《おきな》というおじいさんがいました。

ある日、おじいさんがいつものように竹を取りに行くと、根本が光っている竹がありました。不思議に思いながら見ると、竹の中に三尺（九十・九センチ）（筆者注：三寸の間違いか）ほどのとても可愛らしい子どもが座っていました。おじいさんは「きっと私の子におなりになるはずの人だ」と言ってその子を連れて帰ります。おじいさんはおばあさんと一緒に子どもを育て「なよ竹のかぐや姫」と名付けました。子どもは尋常ではない早さですくすくと成長し、たった三か月で大人の女性になりました。

大人になったかぐや姫はとても美しく、世の中の男はみんな姫に夢中になってしまいました。とりわけ、五人の貴公子が熱を上げて求婚を迫るので、かぐや姫はこの五人に難題を吹っ掛けて叶えられた人と結婚するということにします。けれど誰一人として難題を解決することはできずにみんな諦めてしまったのです。その後、かぐや姫の美貌を聞いた時の帝《みかど》がぜひ彼女を宮中にと誘うのですが、これにもかぐや姫は応えません。

そうしているうちに、かぐや姫が月を見ては泣くようになってしまいました。おじいさんがわけを聞くと、かぐや姫は実は月の都の人間であると初めて告白したのです。そして、もうすぐ月から迎えが来ると。

いよいよその日が迫ると、かぐや姫を月へ帰したくないおじいさんとおばあさんは帝《みかど》に頼んで兵を派遣してもらい、屋敷の警備を固めます。ところが、いざ月の使者たちが天から現れると誰も動くことはできません。固く閉ざされていた戸が勝手に開き、とうとうかぐや姫が使者の前に立ちます。かぐや姫は別れに涙するおじいさんとおばあさんに手紙を、帝へは不死の薬を残すと、天の羽衣をまとい、地上での思い出やおじいさんたちへの情をすべて忘れて月へと帰っていきました。

その後、不死の薬を受け取った帝は、かぐや姫のいない世界で不死など、と嘆き、富士の山頂で不死の薬を燃やしたのです。

※物語に潜むキーワード

『竹取物語』が成立したとされるのは平安時代初期。作者は不明です。しかし、『竹取物語』にはそれまでの日本に存在していた民間信仰、伝承、文化、政治的要素、そして富士山、とたくさんのキーワードが散りばめられているので、教養のある上流貴族の男性ではないかと推定されています。『竹取物語』はこれだけ壮大に風呂敷を広げながらも破綻せずにすべてきれいに収めた大作ですね。〟

※竹から生まれたかぐや姫

〝かぐや姫や桃太郎のように通常ではない生まれ方をする話を「異常出生譚《いじょうしゅっしょうたん》」といいます。そして、このように生まれてくるものは、えてして特異な能力を持つ、あるいは、成長後の英雄譚がつきものです。かぐや姫の場合は、「成長が早い」「尋常ならざる美貌」「月の姫君」が特異点となりますね。〟

ここらあたりまで書いてくると、小さい頃に読んだり、聞かせてもらったりしたことがよみがえってきて懐かしく思われる方もあると思う。誰でも幼い頃に聞いた物語は年老いてでも、そしていつまでも覚えているものだと今さらながらに感じる。そして続ける。

〝また、かぐや姫が生まれた「竹」も重要なアイテムでした。そもそも竹は古来から日本各地に自生しており、遺跡から竹細工の品が出土していることもあって、昔から生活の中に深く根付いていたことがわかります。七夕の竹やお正月の門松、あるいは地鎮祭で使われたりと現代でも儀式的なところに風習が残っていますね。〟

出土した古代の竹細工──遺跡出土

縄文ポシェット
青森県三内丸山遺跡出土
（ホームページより）

〝竹は冬でも枯れず、成長が早く、さらに繁殖もすさまじいことから繁栄の象徴とされています。「空洞には神様が宿る」という伝承もあり、竹は古くから神聖視されてきたのです〟

竹は古代より、日常にあって重宝され、神聖に扱われてきたようだ。

今日でも、細く切れば曲げても折れることはなく、作りたい形に順応してくれるのでとても扱いやすく、その分、応用範囲が広い。

ところで五人の貴公子とは何者であろうか、再度（https://study-z.net/14139/2）を参考にさせていただき、取り上げてみる。

〝この五人の貴公子たちは六七二年の「壬申の乱」に関わった貴族がモデルとなっています。しかも、そのうち三人はそのまま実名で！（現代なら親族から訴えられるかも）「壬申《じんしん》の乱」は古代日本における最大の内乱とされています。天智天皇の皇子の大友皇子が皇位を継ぐのですが、弟の大海人皇子（後の天武天皇）がクーデターを起こして天皇の座を奪い取ってしまいます。平安時代初期は壬申の乱からおおよそ一〇〇年後。それも乱で戦った子孫たちが朝廷で政権を取っている時代ですから、『竹取物語』が発表された当時は生々しさがあったことでしょう。江戸時代の国学者・加納諸平が、「くらまもちの皇子《みこ》は藤原不比等《ふひと》、いしつくりの皇子《みこ》は多治比嶋《たじひのしま》ではないか」と指摘しています。藤原不比等は時の権力者藤原家の家祖《かそ》、多治比嶋は宣化天皇《せんかてんのう》の血を引いていますから、堂々と書くことができなかったのでしょう。〟

解説がここまでくると、その頃の時代背景がはっきりして生々しさが感じられる。一方、『おとぎ話に隠された古代史の謎』ではどのように解説しているかも挙げてみたい。

〃『公卿補任』には、文武天皇五年（七〇一）の政府高官に、左大臣・多治比嶋・右大臣安倍御主人《あべのみうし》・大納言《だいなごん》大伴御行《おおとものみゆき》・同石上麻呂《いそのかみのまろ》・同藤原不比等《ふじわらのふひと》の名を挙げている。

（筆者注：左記に対比できるように記した）

『竹取物語』に載る名前	『公卿補任』に載る実在の名前
阿部御連《あべのみむらじ》	右大臣安倍御主人《あべのみうし》
石上麻呂足《いそのかみまろたり》	大納言石上麻呂《いそのかみのまろ》
大伴御行《おおとものみゆき》	大納言大伴御行《だいなごんおおとものみゆき》

名前や、官職がそっくりである。次に多治比嶋は、一族に「石作氏」がいるところから、石作の皇子と考えられる。

残ったのは「くらもちの皇子」である。くらもちの皇子という名を持った人物は実在しない。このことを受けて、「物語の登場人物をむやみに実在の人物に当てはめる必要はない」とする意見もあるが『竹取物語』のなかでくらもちの皇子は特別な扱いを受けているから、実在の名がないからと言って、これを無視することはできない。件《くだん》の『公《く》卿《ぎょう》補任《ぶにん》』に従えば、残ったのは藤原不比等《ふひと》で、しかも不比等の母は車持氏から出ていて、「くるまもち」は「くらもち」に通じると考えた加納諸平は、両者が同じであったと推理した。
　藤原不比等に「陰号」を用いた『竹取物語』の作者の意図を見逃しては、この物語の本当に言いたかったことを見逃すことになりかねない。なにしろ、くらもちの皇子については「心たばかりある人にて（くらもちの皇子は謀略好き）」と悪し様に書いているからだ。〃
　よって次のように対比した（筆者注）。

『竹取物語』に載る名前	『公卿補任』に載る実在の名前
くらもちの皇子	大納言藤原不比等
いしつくり（石作）の皇子	左大臣多治比嶋

この物語に出てくる五人は右大臣・左大臣・大納言・中納言と当時の政府のトップクラ

スの人たちだ。そうそうたる顔ぶれである。
・阿倍氏は、遣唐使に出てくる阿倍仲麻呂が有名です。官職としては、大化改新のころの阿倍内麻呂が最高の左大臣となる。
・石上氏は、蘇我氏に本流が滅ぼされた大連《おおむらじ》・物部氏の一族です。平安遷都以前の石上《いそのかみの》宅嗣《やかつぐ》の大納言を最後に、高官は出ていない。
・大伴氏は、物部と並ぶ武門の家柄。万葉集を編纂した大伴家持がいる。

ところで、五人の貴公子はどのような難題をうけたのであろう。もう少し続ける。
（参考 https://study-z.net/14139/2）

〝※**入手困難な宝を求めて**

五人の貴公子から熱烈な求婚を受けたかぐや姫。しかし、彼女は誰を選ぶこともなく、五人の愛情の深さを計るためだと入手困難な宝を探してくるように言い渡しました。このように一筋縄ではいかない無理難題を課す求婚話を「課題婚」といい、日本神話にも採用されています。本来なら、難題を課された男性が女性の助けなどを借りることでクリアするのですが、『竹取物語』では真逆をいっています。
阿倍御主人には「火《ひ》鼠《ねずみ》の裘《かわごろも》」、大伴御行には「龍の首の珠」、石上麻呂足には「燕《つばめ》の産んだ子安貝《こやすかい》」、くらもちの皇子《みこ》に「蓬莱《ほうらい》の玉の枝」、石作皇子は「仏の御石の鉢」。どれも聞いたことのないような、あるいは伝説上のアイテムです。これでどうなったかと言うと、阿倍御主人は偽物を掴まされ、大伴御行と石上麻呂足は脱落、くらもちの皇子と石作皇子は嘘をついてやりこめようとしました。中でも酷いのがくらもちの皇子で、職人に命じて蓬莱の玉の枝を作らせるのですが、その代金を支払わなかったために、もう少しのところで嘘がバレてしまいます。

※当時の結婚システム

古代の日本における結婚は基本的に「妻問婚《つまといこん》」でした。紫式部の『源氏物語』に書かれるように、夫が妻の家を訪ねていくスタイルです。夫が三日通えばそれでもう結婚成立。夫の足が向かなくなれば離婚という、なんとも曖昧《あいまい》なものです。ついでに一夫多妻制でもありました。正妻であれば夫の家に住めるのですが、側室の女性はそのまま実家に留められますから、夫が通ってこなくなった妻の恨みの和歌なども多く残っていますね。〟

少し戻り、前述に、くらもちの皇子の性格、「心たばかりある人（謀略好き）」とあるがどのようなことか、『おとぎ話に隠された古代史の謎』から解説をもらいたい。

〝くらもちの皇子は「蓬萊の玉の枝《ほうらいえだ》」を取りに、蓬萊山《ほうらいさん》に行くように見せかけて工人を雇い、「蓬萊の玉の枝」を造らせている。

しかも工人たちにはお金を払わなかった。くらもちの皇子は出来上がった見事な「蓬萊の玉の枝」をもって、あたかもいま蓬萊山から帰ってきたかのように装い、かぐや姫を訪ねて結婚を迫った。かぐや姫はくらもちの皇子がいやでいやでたまらず、胸が張り裂けそうだったが、くらもちの皇子が雇った工人たちが、かぐや姫におかねを払ってほしいと言ってきたことで、くらもちの皇子のウソが露見してしまった。「愉快でたまらない」とかぐや姫はつい叫ぶ。そして工人たちにたっぷりとご褒美を与えたのであった。

腹を立てたくらもちの皇子《みこ》は帰り際に工人を待ち伏せし、血の出るほど打ちのめし褒美を巻き上げてしまった。

五人の貴公子はみなかぐや姫の無理難題を果たすことができなかったが、嘘をついてだまそうとしたのはくらもちの皇子一人だった。

石上麻呂足《いそのかみのまろたり》に至っては、ツバメの巣の中の子安貝《こやすがい》をとろうとして足を踏み外し、腰を強く打って寝込んでしまったが、かぐや姫はこれを「あはれ」と同情している。

なぜ、『竹取物語』の作者は、くらもちの皇子を悪く書いたのだろう。

それは、時の権力者・藤原氏を恨んでいた何者かが、くらもちの皇子という「陰号」を用いて、平安朝廷を糾弾したからにほかなるまい。くらもちの皇子が藤原不比等だったからこそ、本名を書けなかったのである。〟

奈良時代において、藤原不比等が持統天皇の下で精力的に新しい時代の創造に取り組んでいた、というイメージが覆《くつがえ》りそうになってくる。このような時代では〝影の声〟のほうが正しい判断をしているような気がしてしまう。

さておとぎ話をあと一つ二つ取り上げて、次の項に行きたいと思う。

三　『一寸法師』

『一寸法師』を取り上げてみたい。

この物語も内容の詳細はともかく、一寸（三・〇三センチ）ほどの小さな子供がお椀に乗っていく様は、頭に描くことはできると思う。インターネットにこの物語を非常にわかりやすく説明したものがあったので、それを参考にしてみた。


〝ある村で、子のなかった老夫婦が住吉の神に祈ると、親指ほどの一寸しかない小さな男の子が生まれた。それでも両親は一寸法師と名付けて可愛がったが、何年経っても少しも大きくならなかった。

ある日、一寸法師は京に行って侍になると言い出した。両親は止めるが、決心が固いので、仕方なく針の刀とお椀の舟を用意して一寸法師を送り出した。何十日かしてようやく京の都に着いた一寸法師は、三条の大臣の屋敷に行き仕官を願った。大臣は小さな体なのに元気な一寸法師を見て気に入り、一人娘の春姫の家来として仕えるようにと言った。

それから何年か経ったある日、都を騒がしている赤鬼があらわれ、清水寺へお参りに行った帰り道の春姫をさらおうとした。他の家来たちは腰を抜かしたり逃げ出したりする中、一寸法師だけは鬼の前に立ちふさがって春姫を守ろうとした。しかしあっけなく鬼につままれて、食べられてしまった。

ところが一寸法師がお腹の中で針の刀でつつきまわるので、さすがの鬼も二度と乱暴しないから許してくれと嘆願し、泣きながら逃げていった。春姫は鬼の忘れた打ち出の小槌で、一寸法師の体を大きくした。

鬼退治の手柄を認められて名を堀川少将と改めた一寸法師は春姫と結婚し、故郷の両親も都に呼んでいつまでも幸せに暮らした。〟

『一寸法師』は御伽草子《おとぎぞうし》のひとつであるという。では御伽草子とは何を言うのだろうか、と思い調べてみた。

『御伽草子』とは、鎌倉時代末から江戸時代にかけて成立した、それまでにない新規な主題を取り上げた短編の絵入り物語、およびそれらの形式、となっている。

絵入りの短編小説と理解できる。

室町時代に成立した御伽草子（中世小説）『一寸法師』の作者はわかっていません。ただし、一寸法師を児童文学として定着させたのは巌谷小波《いわやさざなみ》『日本昔話』（明治二十九年頃）でしょう、ということである。

親指くらいの小さな男の子が都に出て、鬼を退治する愉快なお話

『一寸法師』の物語には深い背景があり、その解説を含めて『おとぎ話に隠された古代史の謎』から引用していきたい。

〝一寸法師と似たような話は、各地に残されている。小さな男は田螺長者《たにしちょうじゃ》、豆助《まめすけ》、親《おや》指《ゆび》太郎《たろう》などと名付けられ、これらをひっくるめて民俗学では「小《ちい》さ子《こ》」の物語と総称している。

「小さ子」の昔話の特徴は、「神の申し子」であったり、体の一部や自然物などから生まれてくるなどの異常な誕生秘話を持っていること、体が小さいにもかかわらず、高貴な女人を嫁にし、普通の人間ではかなわない「鬼」を退治してしまうこと、さらには打《う》ち出《で》の小槌《こづち》などの呪具《じゅぐ》を手に入れて大きくなることなどである。

広くとらえれば、昔話を代表する「桃太郎」「かぐや姫」も、同様のモチーフの上に成立したことがわかる。〟

ところで、先に夫婦が「住吉の神に祈る」とあったが、住吉大社のことと思うが、なぜここに住吉の大社が絡んでくるのであろう。続ける。

〝それはそうであろうとも、「一寸法師」をたんなる「物語」として捨て置くわけにはいかない。なぜなら、「化け物か何かにちがいない」と恐れられ老夫婦に捨てられた一寸法師は、住吉大社の申し子だったからである。（中略）〟

「住吉大社の申し子」。はじめて耳にした言葉だが、申し子とは何だろう。調べてみると次のような解説があった（インターネット『言葉の意味辞典』より）。

「申し子」の辞書的な意味は三つあります。

①「申し子」の一つ目の意味は神仏から授かった子供です。子宝祈願のお守りや行事があるように、子供のいない夫婦が神様に願い事をするのはよくあることです。その後生まれてきた子供は神様から授かった子供だと信じられていました。

昔話や民話の冒頭ではよくある設定です。たとえば『一寸法師』がそうですね。子供のできない老夫婦が神様に「親指ほどの小さな子供でもいいから授けてください」とお願いした結果生まれてきたのが一寸ほどの小さな男の子、一寸法師でした。

②「申し子」はまた、霊的なものから生まれてきた子供という意味でも使われます。両親はともに人間だけれど不思議な力が働いて生まれてきた子供、あるいは天狗や鬼など人知を超えた存在を親に持つ子供という解釈もあるようです。

どちらにせよ、こうして生まれてきた子供は神がかった力を持っていることがほとんどです。そのため、普通の人間にはない優れた能力の持ち主でもあります。

③そして、三つ目の「申し子」の意味が時代を反映した子供たちやそうした世代です。性格や個性というのは遺伝によるところもありますが、経験や環境によるところも少なくないもの。生まれ育った時代や世情を反映したような、その時代らしい子供を「申し子」と呼ぶことがあります。

『一寸法師』の物語の主人公として出てくる一寸法師は、もちろん①の説明に該当するであろう。老夫婦は神様（この場合は住吉大社の神様）から授けられたということになる。つまりは神の子であろう。

住吉大社

住吉大社《すみよしたいしゃ》　大阪府大阪市住吉区住吉二丁目　九－八九

摂津国一之宮　住吉神社の総本社

鎮座　神功皇后摂政十一年（西暦二一一年）

祭神　第一本宮　底筒男命

第二本宮　中筒男命

第三本宮　表筒男命

第四本宮　息長足姫命（神功皇后）

鎮座の由緒

住吉大社は、第十四代仲哀天皇の后である神功皇后《じんぐうこうごう》の新羅遠征《しらぎえんせい》（三韓遠征《さんかんえんせい》）と深い関わりがあります。神功皇后は、住吉大神の加護を得て強大な新羅を平定せられ無事帰還を果たされます。この凱旋《がいせん》の途中、住吉大神の神託によって現在の住吉の地に鎮斎されました。のちに、神功皇后も併せ祀られ、住吉四社大明神として称えられ、延喜《えんぎ》の制《せい》では名神大社、二十二社の一社、摂津国一之宮、官幣大社に列せられています。

（『住吉大社』ホームページより）

この後は『おとぎ話に隠された古代史の謎』から、私にとって興味があるところ、そして重要と思われるところの内容を箇条的に挙げてみた。

※河童に通じる一寸法師

日本の民俗学の父・柳田国男《やなぎたくにお》は、一寸法師に代表される「小《ちい》さ子《こ》」が「水界《すいかい》」と密接につながっていたと指摘している。最もわかりやすい例は、水に住む妖怪《ようかい》「河童（エンコウともいう）」であろう。

河童は想像上の生き物で、しばしば悪さをして人を苦しめた。おかっぱ頭のてっぺんに皿があり、皿の水がなくなると生きていられない。このような明確なイメージが誕生したのは近世のこととされているが、河童の二文字は、室町時代の文書の中にすでに現れている。「カワウソが老いると河童（かわらう）になる」というのだ。しかし水の精《せい》霊《れい》としての河童の原型は太古の時代にまでさかのぼれそうである。

たとえば八世紀に成立した『日本書紀』仁徳《にんとく》六十七年是歳条《このとしのじょう》には、吉備《きび》（岡山県）の川に大虬《みっち》（大蛇や龍といった水の精霊《せいれい》）が出現し、人々に災いをもたらしたので成敗されたという記事が残る。

水の精霊が恐ろしい存在であったという言い伝えが中世から近世にかけて「河童」という妖怪《ようかい》を生んだのであり、いっぽうで河童には間抜《まぬ》けな属性《ぞくせい》も備わっているから柳《やなぎ》

田国男《たくにお》は「水神」としての「小さ子」の零落《れいらく》した（落ちぶれた）姿が「河童」であった
にちがいないという。

「小さ子」について、さらに言及するならば、雄略《ゆうりゃく》天皇紀には、三輪《みわ》山の神の姿を見てみたいという雄略天皇の希望を叶えるため、少子部連蜾蠃《ちいさこべのむらじすがる》が三輪山の蛇を捕まえてくる、という話がある。少子部氏の名の中には、「小さ子」が隠《かく》されていて、「小《ちい》さ子《こ》」が水神《すいじん》や雷神《らいじん》の象徴・蛇《へび》を捕まえてくる、という話にも、一寸法師的要素が組み込まれている。ここに登場する雷神や三輪山の大物主神《おおものぬしのかみ》は祟《たた》る神であり、一寸法師の鬼退治と、基本的には同一といえる。

それだけではない。神話にも、もうひとつの「小《ちい》さ子《こ》」が見いだせる。高皇産霊尊《たかみむすひのみこと》の指の隙間《すきま》からこぼれ落ちた神「少彦名神《すくなひこなのかみ》」がそれで、出雲《いずも》建国《けんこく》に大活躍した神として知られる。

このように、「小さ子」説話は、歴史時代を簡単に飛び越してしまうのである。〟

『おとぎ話に隠された古代史の謎』よりもう一つ挙げてみたい。

※一寸法師と宇佐八幡の奇妙なつながり

いっぽう石田英一郎氏は、一寸法師の根源を知るには、日本だけではなく、アジア、さらにはヨーロッパに至るもっと広い視野を持つべきだと提言している（『未開と文明「一寸法師」』山口昌男編集・解説　平凡社所収）。

もちろん、それは、「一寸法師」「小さ子」とそっくりな神話が世界各地に広がっているからで、太古の人々の盛んな交流によって、日本に一寸法師の原型がもたらされたということになる。

そのとおりであろう。一寸法師だけでなく、『日本書紀』や『古事記』に記された神話の多くは、アジアばかりでなく、ヨーロッパにまで広がる共通のモチーフが認められているからだ。

しかし、ここであえて指摘したいのは、たしかに海の外から話の「原型」がもたらされたとしても、一寸法師や小さ子の伝説には、日本の歴史を考えるうえで重要なヒントが隠されているのではないか、ということなのである。それは、金太郎伝承の背後《はいご》に祟《たた》りと豊穣《ほうじょう》の女神「山姥《やまんば》」が隠されていたのと同様に、やはり祟る女神の姿が見え隠れしているからでもある。

柳田国男《やなぎたくにお》は、「小さ子」の昔話には、たいがいの場合、「水界《すいかい》（海）」の女人が小さ子を産み落とすというパターン化された形式がつきまとい、また、この場合、水界の女人は、神との交合によって処女懐胎《しょじょかいたい》する、と指摘している。
もっとも、一寸法師説話の中で「水界の女人」らしき存在は見当たらない。しかし、一寸法師は「住吉《すみよし》の申《もう》し子《ご》」であり、その住吉大社には、浦島太郎《うらしまたろう》や邪馬台国《やまたいこく》の台与《とよ》と奇妙なつながりをみせる神功皇后《じんぐうこうごう》が祀《まつ》られている。この女人がじつに怪しく、また、一寸法師ともかかわりを持ってくる。〟

筆者注　処女懐胎・処女受胎とは
処女懐胎、または処女受胎とは、文字どおりには処女のまま（つまり男女の交わり無しに）子を宿すことであるが、普通は、特に聖母マリアによるイエス・キリストの受胎というキリスト教における概念を指す。

もう少し続ける。

〝住吉大社には、次のような不可解な伝承が残されている。すなわち、住吉大神が神功皇后との間に夫婦の秘め事を交わした、という。したがって、この伝承は、神功皇后の子・応神天皇が一寸法師同様、住吉の申し子だったといいたいのだろう。いったいこれは何なのか。
ところで、応神天皇（八幡神）を祀る神社といえば、九州の宇佐神宮が名高い。九州の宇佐神宮の伝承によれば、八幡神《はちまんしん》は、はじめ「三歳」の童子で、竹の葉の上に出現したという。いわゆる「小さ子」の異常生誕に通じるのだが、一般には、この宇佐の八幡《はちまん》神《しん》と応神天皇は、同一ではない、と考えられている。もともとは宇佐の土着の神に過ぎなかった八幡神が、のちに応神天皇に重ねられた、というのだ。つまり、宇佐神宮の主祭神に誉田《ほむ》別《たわけの》命《みこと》（応神天皇）・大帯姫《おおたらしひめ》（神功皇后）が選ばれたのは、後世の附会だったというのである。

しかし、はたしてこれは本当なのだろうか。神功皇后と子の誉田別という「名」が八世紀の『日本書紀』の中で創作されたとしても、それ以前、二人が宇佐と全く関わりがなかったかというと、むしろ答えは逆なのではないかと私は考えている。つまり、神功皇后と応神天皇のモデルとなった実在の母子に対する信仰がまず宇佐に起き、『日本書紀』成立後、祭神を『日本書紀』にあわせ、誉田命《ほむだのみこと》と大帯姫《おおたらしひめ》としたのではなかったか。そう思う一つの理由は、宇佐と住吉が、不思議なつながりをみせているからである。〟

途中の小休憩に！　次に解説を入れておきます。

宇佐神宮

宇佐神宮《うさじんぐう》　大分県宇佐市南宇佐二八五九
　創　建　神亀二年（七二五年）
　主祭神　一之御殿　八幡大神（誉田別尊―応神天皇）
　　　　　二之御殿　比売大神（宗像三女神）
　　　　　三之御殿　神功皇后
　社　格　式内社　豊前国一之宮

八幡宮の総本社であり古くから皇室の崇敬を受けているほか、称徳《しょうとく》天皇時代の宇佐八幡宮神託事件でも知られる。参拝は一般と異なり、二拝四拍手一拝を作法としている。

前ページから続ける。

〝嘆《なげ》く蛭子《ひるこ》、崇《たた》る八幡神〟

宇佐《うさ》八幡《はちまん》と強く結びついた古要《こよう》神社と八幡古表《はちまんこひょう》神社は、宇佐神宮最大の祭り、放生会《ほうじょうえ》に際し、古くから傀儡子《くぐつ》の舞《まい》と相撲《すもう》を演じてきた。この傀儡子の相撲が奇妙で、東軍と西軍にわかれ、東軍の圧勝ののち、突然「住吉さま」が現れ、東軍を次々と打ち破っていくのである。

なぜ宇佐の神を祀る場に、「住吉さま」が脈絡《みゃくらく》もなく現れるのであろう。さらに大きな謎は、九州の宇佐からみて大阪の住吉大社は東の方角にある。その東の「住吉さま」が、なぜか九州の西軍の劣勢をはね返すべく登場し、大活躍をしたというのである。

ここで注目したいのは、九州を代表する「もう一つの八幡神」である。

それが鹿児島県の鹿児島神宮（大隅正八幡《おおすみしょうはちまん》）で、この神社の裏手には、奈毛木《なげき》の杜《もり》なる社《やしろ》があり、ここはその昔、蛭子《ひるこ》（男性の太陽神で、発育が悪いために海に流され捨てられた。要するに小さ子の神話である）がこの地に漂流し、嘆き悲しんだから奈毛木の杜になったのだという。〟

この後は難解になると思われ、少し詳細に入り込み過ぎることになると思い、かえって理解しにくくなりかねないので『一寸法師』についてはここで筆をおきたいと思う。

ただ、これらのことに関しさらに詳細に知りたい方は、是非詳細資料を入手して進めていただくことをお勧めしたい。

次に関連の説明をつけておきます。（『ウィキペディア』より）

鳥居

蛭兒神社《ひるこじんじゃ》【鹿児島】奈毛木《なげき》の森に鎮座《ちんざ》する蛭子神社

住　所…鹿児島県霧島市隼人町内二五六三
主祭神…蛭子尊《ひるこのみこと》
概　要…江戸時代までは正八幡（鹿児島神宮）に次ぐ大隅国の二宮とされ、二之宮大明神と呼ばれていた。
　創建は神代にさかのぼると伝えられているが、現在の社域は寛延三年（一七五〇年）の遷宮造営といわれている。
　伊弉諾尊《いざなぎのみこと》と伊弉冉尊《いざなみのみこと》の間に誕生した御子神である祭神が天磐櫲樟船《あまのいわくすの》で流されてここにたどり着き、その船から枝葉を生じて巨木になったと伝えられている。

鹿児島神宮 勅使殿《ちょくしでん》

住　所…霧島市隼人町内二四九六
主祭神…天津日高彦穂穂出見尊
　　　豊玉比売命
社　格…式内社・大隅国一之宮・別名、大隅正八幡宮
歴　史…創始は社伝によると遠く神代とも、あるいは「神武天皇の御代に天津日高彦穂穂出見尊の宮殿であった高千穂宮を神社としたもの」とされる。和銅元年（七〇八年）に現在地に遷座され、高千穂宮跡の旧社地には現在摂社石体宮（石體神社）が鎮座している。当社の北西十三キロメートルの地点には、穂穂出見尊の御陵とされる高屋山上陵がある。

高屋山上陵《たかやのやまのえのみささぎ》

この写真は鹿児島県霧島市溝辺町麓にある皇族陵。宮内庁により天津日高彦火火出見尊（ホオリ）の陵に治定されている。

三年に一度の十月第二日曜日に、大字伊藤田の古要神社で古要舞と神相撲が開催されます。「くぐつの舞い」といって、くぐつ（人形）をあやつるお祭りです。福岡県築上郡吉富町の古表神社に伝わるものとともに国の重要無形民俗文化財に指定されています。

奈良時代、九州の南に住む隼人《はやと》たちが反乱を起こしました。朝廷の命令で豊前《ぶぜん》の国からも軍隊が向かいました。

しかし、隼人があまりにも強いので、戦場でくぐつの舞いを行いました。そして、くぐつの舞いを見物している隼人を攻めたのだそうです。その時に亡くなった隼人の霊をなぐさめるために、宇佐神宮の放生会が始まったそうです。昔は宇佐神宮の放生会（現在は仲秋祭）の時にくぐつの舞いを行っていました。同様の神事は、福岡県築上郡吉富町の八幡古表神社にも伝わっており、八幡古表神社の傀儡子の舞と相撲として同じく国の重要無形民俗文化財に指定されている。

『一寸法師』の話をしてきたはずなのに、流れのつながりから一気に日本の古代、日本誕生のいきさつにまで入り込んでしまった。なにしろ初代の神武天皇時代にまで入り込んでいるのだから。

このように考えてみると、最近までは、こんな難しいはずの話を小さい子供に童話として聞かせてきたのだから、よく作られた話だと感心してしまう。とはいえ、内容は息づいているものだ。

次に最後になるが、『桃太郎』に入りたい。

四　『桃太郎』と謎の吉備

♪桃太郎さん　桃太郎さん　お腰につけたキビ団子
　一つ私に　くださいな
あげましょう　あげましょう
これから鬼の征伐に
ついてくるなら　あげましょう♪

この歌も懐かしく覚えている方もおられるだろう。

資料から一連の物語の流れを次に引用するので楽しんでいただきたい。

(「福娘童話集　きょうの日本昔話―岡山県の民話」福娘.com より)


《むかしむかし、あるところに、おじいさんとおばあさんが住んでいました。おじいさんは山へしばかりに、おばあさんは川へせんたくに行きました。

おばあさんが川でせんたくをしていると、ドンブラコ、ドンブラコと、大きな桃が流れてきました。

「おや、これは良いおみやげになるわ」

おばあさんは大きな桃をひろいあげて、家に持ち帰りました。

そして、おじいさんとおばあさんが桃を食べようと桃を切ってみると、なんと中から元気の良い男の赤ちゃんが飛び出してきました。

「これはきっと、神さまがくださったにちがいない」

子どものいなかったおじいさんとおばあさんは、大喜びです。

桃から生まれた男の子を、おじいさんとおばあさんは桃太郎と名付けました。桃太郎はスクスク育って、やがて強い男の子になりました。

そしてある日、桃太郎が言いました。

「ぼく、鬼ヶ島（おにがしま）へ行って、わるい鬼を退治します」

おばあさんにきび団子を作ってもらうと、鬼ヶ島へ出かけました。

旅の途中で、イヌに出会いました。

「桃太郎さん、どこへ行くのですか？」

「鬼ヶ島へ、鬼退治に行くんだ」

「それでは、お腰に付けたきび団子を一つ下さいな。おともしますよ」

イヌはきび団子をもらい、桃太郎のおともになりました。

そして、こんどはサルに出会いました。

「桃太郎さん、どこへ行くのですか？」

「鬼ヶ島へ、鬼退治に行くんだ」

「それでは、お腰に付けたきび団子を一つ下さいな。おともしますよ」

そしてこんどは、キジに出会いました。

「桃太郎さん、どこへ行くのですか？」

「鬼ヶ島へ、鬼退治に行くんだ」

「それでは、お腰に付けたきび団子を一つ下さいな。おともしますよ」

こうして、イヌ、サル、キジの仲間を手に入れた桃太郎は、ついに鬼ヶ島へやってきました。鬼ヶ島では、鬼たちが近くの村からぬすんだ宝物やごちそうをならべて、酒盛りの真っ最中です。

「みんな、ぬかるなよ。それ、かかれ！」

イヌは鬼のおしりにかみつき、サルは鬼のせなかをひっかき、キジはくちばしで鬼の目をつつきました。

そして桃太郎も、刀をふり回して大あばれです。

とうとう鬼の親分が、

「まいったぁ、まいったぁ。こうさんだ、助けてくれぇ」と、手をついてあやまりました。

桃太郎とイヌとサルとキジは、鬼から取り上げた宝物をくるまにつんで、元気よく家に帰りました。
おじいさんとおばあさんは、桃太郎の無事な姿を見て大喜びです。そして三人は、宝物のおかげでしあわせにくらしましたとさ。

おしまい》

極めつけは〝おしまい〟で、聞かされた後には、必ずついてくる「おしまい」の一言が懐かしいくらいだ。そのあとは〝おやすみなさい〟でこちらも眠りにつくわけである。
ところで、この物語〝桃太郎〟についても、『おとぎ話に隠された古代史の謎』はどのように捉えているかみてみたい。

〝桃太郎と小さ子〟説話のつながり

当たり前の話ながら、「桃太郎」は御伽話《おとぎばなし》である。しかし、これまでお話ししてきた話と同列に扱うことはできない。というのも、誰もが知る「桃太郎」の骨格が出来上がったのは、江戸時代中期から後半にかけてのことで、室町時代に成立していた『御伽《おとぎ》草子《ぞうし》』や、さらに平安時代、奈良時代までさかのぼることのできるほかの話とは、時代的に大きな隔たりがあるからである。

だから、「桃太郎」の中に古代を解く鍵が隠されているといえば、多くの史学者たちは、眉に唾するに違いないのだ。

ところが、民俗学者は、「桃太郎」を積極的に取り上げるべきだ、と訴える。説話の核には、民俗の太古の信仰や深層心理がかくされているから、とするのである。

たとえば、民俗学の祖・柳田国男は「桃太郎の誕生」『柳田国男全集　六』（筑摩書房）のなかで、「桃太郎」について、

「実際はやはり亦世界開闢以来の忘るべからざる事件として、考察せらるべきものであった」

と、厳《おごそ》かに宣言している。桃太郎をなめてはいけない、というのだ。

それにしても、なぜ柳田国男は、このような大仰《おおぎょう》な物言《ものい》いをしたのであろう。

桃太郎は「桃の中から生まれた小さい子」であり、しかも水（川）から出現した。

「小さな子が水から生まれる」という話のモチーフは、桃太郎に限らず、世界各地で語りつがれてきたものだ。しかも根源は「世界問題」にまでさかのぼり、以来連綿としてつながってきた、というのである。

たとえば一寸法師も、水に捨てられた小《ちい》さ子《こ》の話であり、また、ウツボ船に乗せられ捨てられた神話の蛭子《ひるこ》の話も同様で、これらの話と桃太郎の間には多くの共通点が見いだされるのである。

また、石田英一郎氏は、文化人類学の立場から、桃太郎伝説に秘められた地母神信仰にスポットを当て、日本の太古の信仰だけではなく、その根は、アジアや太平洋諸国、さらには遠く地中海にまで求められるとしたのである。

やはり柳田の述べるとおり、「桃太郎」を侮《あなど》ることはできないようだ。

ここからは、日本古代史の根幹である、ヤマト誕生の本質が絡んでくるので少し長くなる。よって、興味をもってお付き合い願いたい（引き続き『おとぎ話に隠された古代史の謎』より）。

〝桃太郎とヤマト朝廷の吉備征伐のつながり〟

石田英一郎氏は、『桃太郎の母』（講談社）のなかで、次のような興味深い伝承を紹介している。

　むかし、大和の地で洪水があり、初瀬川《はせがわ》があふれた時のこと、三輪山《みわやま》（桜井市）の大《おお》神神社《みわじんじゃ》の前に、大きな甕《かめ》が流れ着いたという。開いてみると中に玉のような男子がいて、この子は後に小舟に乗って、播磨《はりま》（現在の兵庫県）に行ったのだという。

　この話が「桃太郎」とそっくりなことはいうまでもないが、興味深いのは、「播磨《はりま》の桃太郎《ももたろう》もどき」が、三輪山《みわやま》と接点を持っていたことである。おとぎ話の「桃太郎」も、三輪とは少なからぬ因果でつながっているから、これが偶然《ぐうぜん》とは思えないのである。「三輪」はヤマト建国の故地であり、これを無視することはできない。

　そこで以下、「桃太郎」の深層を探ってみよう。

　桃太郎といえば、「お腰につけたキビ団子」であり、ここにある「キビ」は、穀物の「黍《きび》」であると同時に、「吉備《きび》」（美作《みまさか》・備前《びぜん》・備中《びっちゅう》・備後《びんご》、現在の岡山県と広島県東部）という地名とも密接なかかわりを持っている。それどころか、「桃太郎」の話の原型は、ヤマト朝廷の吉備征伐《きびせいばつ》という歴史とつながりがあるらしい。

『日本書紀』には、第十代崇神天皇《すじんてんのう》の時代、国土平定《こくどへいてい》の先兵《せんぺい》として、四道将軍《しどうしょうぐん》が各地に遣《つか》わされたと記録されている。

　その中の一人、吉備津彦《きびつひこ》が山陽道《さんようどう》に遣わされたとある。吉備津彦は第七代孝霊天皇《こうれいてんのう》の子の彦五十狭芹彦命《ひこいさせりひこのみこと》と同一人物で、姉に倭迹迹日百襲姫命《やまとととひももそひめのみこと》が、さらに弟に稚武彦《わかたけひこ》命《みこと》がいて、姉は三輪山麓の箸墓《はしはか》に葬られたことで名高く、また弟の稚武彦命こそが、吉備の始祖であったと記録されている。

『古事記』にも同様の記事がある。孝霊天皇《こうれいてんのう》の皇子《おうじ》に大吉備津日子命《おおきびつひこのみこと》、腹違いの弟で、若日子建吉備津彦命《わかひこたけきびつひこのみこと》がいて、この兄弟が針間《はりま》（播磨《はりま》）の氷河の前《ひかわのさき》（不明）に進出し、吉備を「言向け和平《ことむけやわ》した（平定）」したとする。そして、弟の若日子建吉備津彦命が、吉備《きび》の下道臣《しもつみちのおみ》の祖《そ》であった、とするのである。

このようなヤマト朝廷の歴史書の証言を裏付けるかのような伝承が、吉備一帯に残されている。

第十一代垂仁天皇《すいにんてんのう》の時代のことだ。朝鮮半島の百済《くだら》からやってきた温羅《うら》なる鬼神《きしん》が吉備にたどり着き、住み着いた。温羅は瀬戸内海を航行する船に海賊行為を行い、婦女を略奪《りゃくだつ》するなど、乱暴狼藉《らんぼうろうぜき》を繰り広げていた。人々は恐れおののき、都に訴え出てきたので、朝廷は吉備津彦を遣わし、温羅を成敗したという。

つまり、「三輪王朝《みわおうちょう》」とも呼ばれる崇神朝の差し向けた将軍・吉備津彦こそが桃太郎のモデルであり、桃太郎と三輪山が妙な縁で結ばれているとしたのは、このことだ。桃太郎は三輪山から吉備にやってきたことになる。

まだ少しかかるので、休憩を兼ねて参考の資料を提示しておきたい。

吉備津彦尊の系図（『日本書紀』に基づく）『ウィキペディア』より

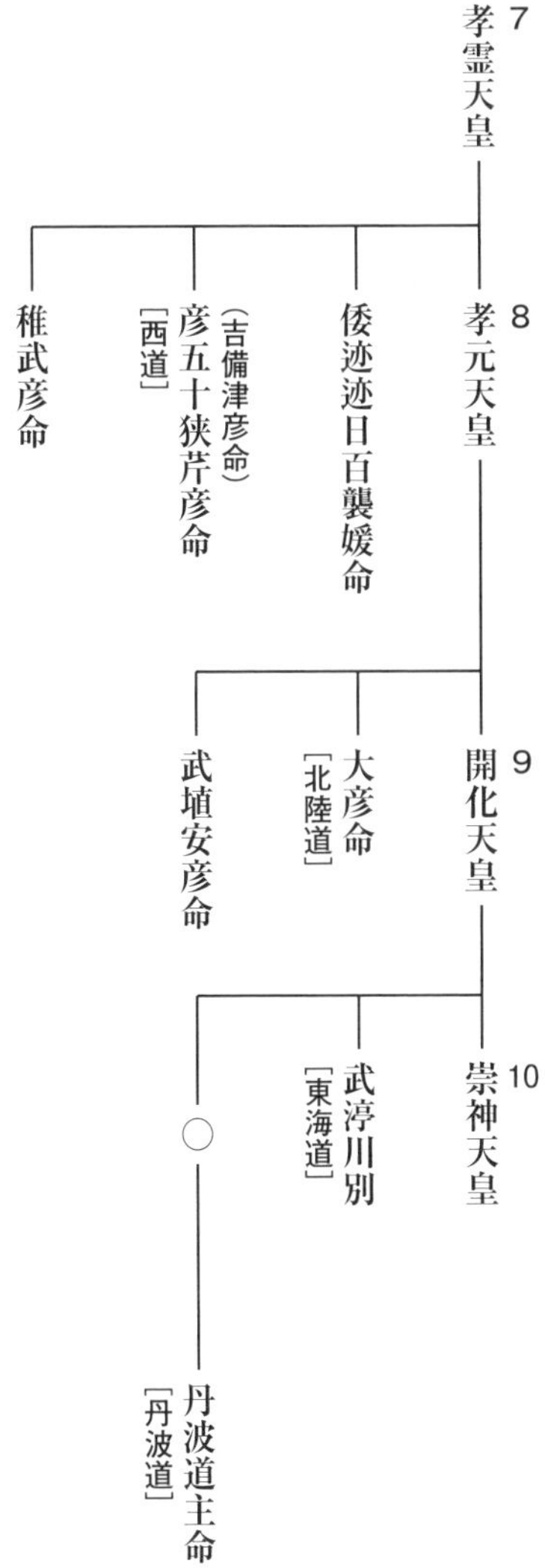

◎名称

『日本書紀』では、

・本の名：彦《ひこ》五十《い》狭《さ》芹《せり》彦命《ひこのみこと》

・亦の名：吉《き》備《び》津《つ》彦命《ひこのみこと》

『古事記』では、

・本の名：比《ひ》古《こ》伊《い》佐《さ》勢《せ》理《り》毘《ひ》古命《このみこと》

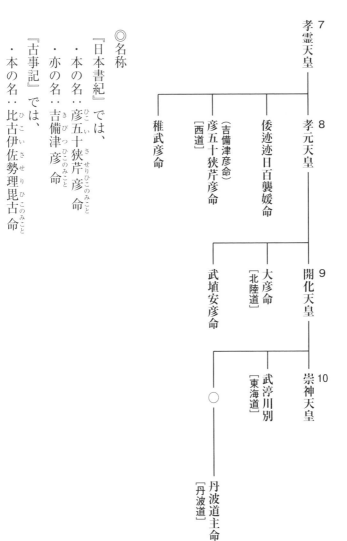

・亦の名：大吉備津日子命《おおきびつひこのみこと》

①系譜

・第七代孝霊天皇と、妃の倭国《やまとのくに》香媛《かひめ》（別名絙某姉《はえいろね》／意富夜麻登玖邇阿礼比売命《おほやまとくにあれひめのみこと》）との間に生まれた皇子である。

・同母兄弟姉妹として、『日本書紀』によると倭迹迹日百襲媛命（夜麻登登母母曽毘売）、倭迹迹稚屋姫命（倭飛羽矢若屋比売）があり、『古事記』では二人に加えて日子刺肩別命の名を記載する。異母兄弟のうちでは、同じく吉備氏関係の稚武彦命（若日子建吉備津日子命）が知られる。

子に関して、『日本書紀』『古事記』には記載はない。

②伝承と信仰

吉備津神社（岡山県岡山市、備中国一宮）の縁起として、吉備津彦命が吉備平定にあたって温羅（うら・うんら・おんら）という鬼を討ったという伝承が岡山県を中心として広く知られる。これによると、温羅は鬼ノ城に住んで地域を荒らしたが、吉備津彦命は犬《いぬ》飼健《かいたける》・楽々森彦《ささもりひこ》・留玉臣《とめたまおみ》という三人の家来とともに討ち、その祟りを鎮めるために温羅の首を吉備津神社の釜の下に封じたという。この伝説は物語「桃太郎」のモチーフになったともいわれる。

この伝承では、温羅は討伐される側の人物として記述される。しかし、吉備は「真金《まかね》吹く吉備」という言葉にも見えるように古くから鉄の産地として知られることから、温羅は製鉄技術をもたらして吉備を繁栄させた渡来人であるとする見方や、鉄文化を象徴する人物とする見方もある。また、吉備津神社の本来の祭神を温羅と見る説もあり、その中でヤマト王権に吉備が服属する以前の同社には吉備の祖神、すなわち温羅が祀られていたとし、服属により祭神がヤマト王権系の吉備津彦命に入れ替わったという説もある。

なお、**吉備津彦の三人の家来については別説に「犬養縣主《いぬかいあがたぬし》（犬）」「猿女君《さるめのきみ》（猿）」「鳥《とり》飼臣《かいのおみ》（雉《きじ》）」という豪族だという説**もある。犬養縣主ゆかりの神社が岡山県笠岡市の「縣主神社」、猿女君ゆかりの神社は岡山市北区の「鼓神社」（二宮鼓神社）、鳥飼臣ゆかりの神社は岡山県都窪《つくぼ》郡早島町の「鶴崎神社」がある。

宮内庁治定の大吉備津彦命墓
岡山市の中山茶臼山古墳

吉備津神社

主祭神　大吉備津彦尊《おおきびつひこのみこと》
相殿神《あいどのしん》　千々速比売命《ちちはやひめのみこと》
倭迹迹日百襲姫命《やまとととひももそひめのみこと》……大吉備津彦命の姉。
日子刺肩別命《ひこさしかたわけのみこと》
倭迹迹日稚屋媛命《やまとととひわかやひめのみこと》……大吉備津彦命の妹。
若日子建吉備津日子命《わかひこたけきびつひこのみこと》……大吉備津彦命の弟。

鬼ノ城
温羅本拠地

鬼ノ城にある温羅旧跡碑

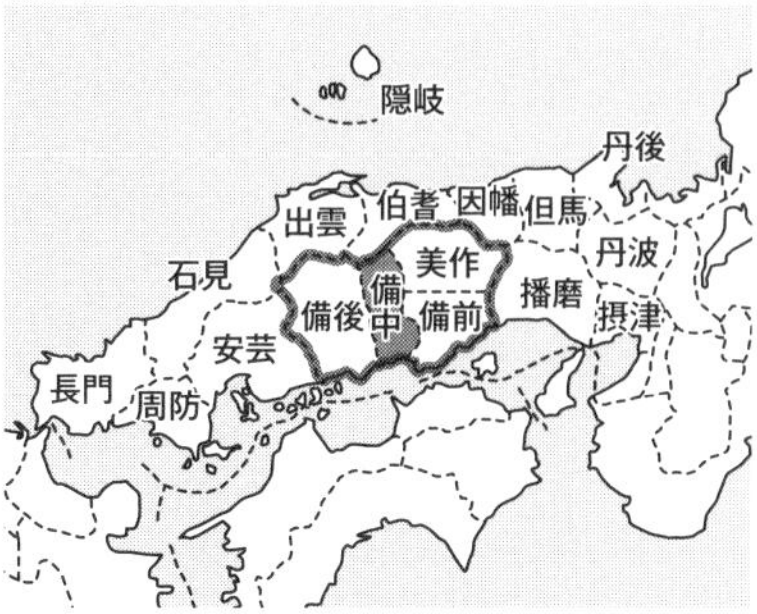

上の地図は**吉備の国**（備後・備中・備前・美作）とその東に播磨の国が位置する。また、桃太郎が退治した温羅という鬼、その鬼の城がたとえ伝説とはいえ今現在も存在していることがとても不思議としか言いようがない。

では、ここから休憩前に戻って続ける。「大和朝廷建国」の真髄に触れていくことになる（引き続き『おとぎ話に隠された古代史の謎』より）。

〝ヤマト建国に関わりを持つ桃太郎

問題はここからだ。

すでに触れたように、『日本書紀』も『古事記』も吉備の伝承も、吉備津彦の活躍を、第十代崇神天皇の時代の前後のこととしている。その崇神天皇は、三～四世紀に実在し、ヤマト建国の立役者であった可能性が高い。したがって、これらの文書の証言を信じるならば、吉備津彦の吉備征伐も、ヤマト建国の過程で行われていたことになる。

ところがここでやっかいな問題が立ち上がる。

ヤマト建国は、いくつかの地域の首長層の寄り合いによって誕生していた疑いが強くなってきているが、大和岩雄《おおわいわお》氏は、そのなかでも、ヤマトの中心に立っていたのは、吉備ではないかと指摘している（『新邪馬台国論』大和書房）。

理由は明らかだ。これもすでに触れたように、三世紀の纏向《まきむく》には、各地からさまざまな土器が流入していた。ただし多くの土器が生活のための土器だったのに対し、吉備の土器は、極めて宗教的色彩の濃い代物であった。したがって、ヤマトの中心に吉備が立っていたのではないかと、大和氏は指摘するのである。

じっさい吉備地方では、ヤマト建国の直前の弥生時代後期、前方後円墳の原型となる大型の墳丘墓が発達し、またこの頃、吉備で作り出された土器は、西側（九州の地）ではなくもっぱらヤマトに向かって送り込まれていた様子がはっきりしてきている。

もっとも、ヤマト朝廷が、「吉備だけの力」で成り立っていたわけではなく、大和氏が指摘しなかった「出雲の力」にも留意する必要のあることは言うまでもない。ただ、少なくとも三世紀前半に限定すれば、「吉備」がヤマト建国の中心勢力であったことは間違いなく、とすれば、ヤマト建国前後に「吉備が成敗された」という『日本書紀』や

『古事記』の記述をどう解釈すればいいのか、という難題が持ち上がってくるわけである。

桃太郎と吉備をめぐる深い謎

不思議なことはそれだけではない。

まず第一に、ヤマト建国に最も尽力したであろう「吉備」の活躍を、『日本書紀』が全く無視してしまったことなのである。

そして第二に、吉備は、ヤマト建国後五世紀に至るまで繁栄を続けていたのだから、ヤマト建国直後の吉備征伐は、にわかには信じがたいのである。

何故そう言えるかというと、五世紀に造山（岡山県岡山市）・作山（岡山県総社市）古墳という巨大な前方後円墳が造られたからである。それぞれの全長は三五〇メートルと二八六メートルで、前方後円墳のなかで、第四位と第九位という大きさだ。またこれらは、同時代に造営された天皇陵と全く遜色がなく、ヤマト朝廷を嘲笑うかのような規模を有していたわけである。

そして問題は、これらの古墳を造営した吉備の首長層が、「吉備を征服した吉備津彦や弟の末裔」だったという確固たる証拠はなく、吉備氏と吉備津彦等に、本来接点はなかったのではないかとする説が根強いことだ。たとえば『日本書紀』には、吉備津彦や弟の稚武彦命が吉備の地にとどまった様子が全く記されていない（門脇禎二『吉備の古代史』NHKブックス）。

謎めく吉備王国と桃太郎伝説。だが、ヒントが全くないわけではない。まずここで大切なことは、「吉備」の正体を明らかにすることだ。誰が「吉備」出身なのかそれを突き止める必要がある。

吉備がヤマト建国に貢献していながら、『日本書紀』に記録されていないのであれば、ヤマト建国に活躍した人々の中で、素性が定かでない者を探せばよいのである。

そこで注目されるのが饒速日命《にぎはやひのみこと》なのだ。

『日本書紀』によれば、神武東征《じんむとうせい》の直前、すでにヤマトには出雲神大物主神《いずもしんおおものぬしかみ》と、饒速日《にぎはやひの》命《みこと》がやってきていたという。大物主神は、自ら進んで「ヤマトの地で祀《まつ》られたい」と願い、三輪山《みわやま》に祀られた。また、饒速日命は天磐船《あまのいわふね》に乗って、いずこからともなくヤマトの地に舞い降りたのである。

饒速日命は、土着《どちゃく》の首長《しゅちょう》・長髄彦《ながすねひこ》の妹を娶り、ヤマトの王として君臨する。神武天皇が九州の日向の地からヤマトに入ったのは、この後のことだった。ちなみに、神武天皇は長髄彦《ながすねひこ》と戦ったが、饒速日命とは戦火を交えていない。饒速日命は、ヤマトの王権を神武に禅譲していたのである。

ところで、神武天皇《じんむてんのう》と同一人物と考えられている第十代崇神天皇《すじんてんのう》は、大物主神を指して「ヤマトを造成した神」と称《たた》えるが、それをいうなら、大物主神のみならず、饒速日命も偉大な功績を残した人物に違いない。それにもかかわらず、『日本書紀』が饒速日命の正体を明かさないことは、どうにも不審だ。「饒速日命も神武同様に天神《あまつかみ》の末裔《まつえい》だった」というが、はっきりとした系譜《けいふ》を示したわけではない。饒速日命の末裔氏族はわかっているが、饒速日命本人の正体と出自は、不明なのだ。

すると、一つの仮説が浮かび上がる。三世紀のヤマト建国の立役者は出雲と吉備であったのだから、出雲の大物主神の後にヤマトにやってきた饒速日命は、吉備出身だったのではないか。

興味深い点がいくつもある。

その一つは、ヤマト建国の直後、ヤマト朝廷は出雲の神宝《しんぽう》を検校《けんぎょう》していることだ。これは祭祀権《さいしけん》の簒奪《さんだつ》であり、実質的な征服を意味している。そして問題は、この検校に「物部《もののべ》」が関わっていることである。

なぜこれが問題かというと、考古学も、「ヤマト建国後の出雲の凋落《ちょうらく》」を証明しているからだ。さらに、「物部」は饒速日命の末裔だから、彼らを「吉備」とみなせば、ヤマト建国後の「出雲と吉備の主導権争い」や「出雲の没落と吉備の勝利」を想定することができるのである。

ヤマトの「吉備《きび》」と「物部《もののべ》」は、ヤマトの基礎を築いている。物部系の伝承『先代《せんだい》旧事本紀《くじほんぎ》』には、饒速日命の子の宇摩志麻治命《うましまじのみこと》が、ヤマトの政治や宗教の基礎を築いたと記すが、天皇家の祭祀《さいし》には、物部氏の影響が強く残されているとされている。

前方後円墳は埋葬文化の統一を意味していたが、吉備の祭祀形態を中心に構築されていたことは、大和岩雄《おおわいわお》氏の指摘する通りだ。すると、ヤマトの宗教観を構築したのが、「吉備」であり「物部」であったことになる。

さらにもう一つ、饒速日命の末裔の物部氏が、河内に拠点を持っていたことが大きな意味を持っている。〟

これまでの解説では、早い時代（ヤマトの建国草創期）にいくつかの地域の首長らの参加した寄合世帯《よりあいせたい》であった中で、吉備の国が祭祀《さいし》を通して寄合世帯全体の主導権を持つにいたり、そんな中で桃太郎《ももたろう》（吉備津彦命《きびつひこのみこと》）が登場しヤマトの国が生まれていったのであろうか。

この章ももう少しであり、お付き合い願いたい。

しかし我々がなかなかつかみどころがなかった、大和誕生の経過がつかめそうなところまで来たような気がする。しかも『桃太郎』などの童話・御伽話を通して、は意外であったと思う。

再開する前に少し資料を載せておきたい（『ウィキペディア』より）。

造山古墳（岡山市）

所在地　岡山市北区新庄下
形状　前方後円墳
規模　墳丘長三五〇メートル
築造時期　五世紀前半
被葬者　推定：下道臣の祖・御友別命《みともわけのみこと》
　　　　推定：吉備政権の首長

岡山県では最大、全国では第四位の規模の巨大古墳で、五世紀前半（古墳時代中期）の築造とされる。墳丘に立ち入りできる古墳としては全国最大の規模になる。

作山古墳（総社市）

所在地　岡山県総社市三須《みす》
形状　前方後円墳
規模　墳丘長二八二メートル
築造時期　五世紀中頃
被葬者　推定：下道臣の祖・稲速別命

岡山県では第二位、全国では第十位の規模の古墳で、五世紀中頃（古墳時代中期）の築造と推定される。

では、桃太郎の章のまとめに入りたい（引き続き『おとぎ話に隠された古代史の謎』より）。

〝さらにもう一つ、饒速日命の末裔の物部氏が、河内に拠点を持っていたことが大きな意味を持っている。

六世紀末、物部守屋《もののべのもりや》は仏教導入をめぐり蘇我馬子《そがのうまこ》と争い滅亡するが、その舞台となったのが、大阪府八尾《やお》市だ。実をいうと三世紀の纏向《まきむく》には吉備《きび》からもたらされた土器が、八尾市から集中的に出土している。やはり、吉備と物部の関係は、無視できない。物部氏は、『日本書紀』が記される直前の八世紀初頭に没落している。だからこそ、その正体が抹殺され、吉備をめぐる歴史は、闇に葬られたのであろう。吉備の古代史に謎が多いのは、このためであろう。

こうしてみてくると、桃太郎伝説の背後にも、古代史の大きな闇が隠されていたことに気づかされる。

桃太郎伝説には、まだ語られていない謎が埋もれているのかもしれない。〟

これまで語りつがれてきた「童話」・「お伽噺」は、隣に座って聞かせてくれるおばあちゃんから、という記憶が強い。家の中では、おばあちゃんが聞かせてくれる役目のように感じるくらいだった。たいていは一緒に寝ているときである。夜、寝る前の楽しみだったのであろう。

今回取り上げた四つの童話・御伽話は『浦島太郎』・『竹取物語（かぐや姫）』・『一寸法師』・『桃太郎』であるが、もう一つ予定していた『酒呑童子（金太郎）』は次回に機会があれば続けたいと思う。

今までの流れから視点を変えて、現代の日本人は戦前に比べると少し「萎縮」しているのではなかろうか。人間が小さくなっているような気がする、おまけに気性が荒く、自分勝手になっているようにも思えるのだが、そんな観点から考えてみたい。

その項に入る前に、昨年（二〇二〇年）からの「新型コロナウイルス」は全国に感染が蔓延し、そんな経過の中で感染拡大を防ぐ対策に対してまともに対応していない、そんな人たちがいることが実に疎《うと》ましい。政府をはじめ、どこの県であれ、自治体の首長《しゅちょう》は今、感染拡大防止に大変苦労をしていると思う。

二〇二一年（令和三年）一月二十八日現在、当月八日より一か月間の緊急事態宣言に入っている地域がある。実施地域は東京都・大阪府・京都府そして埼玉・千葉・神奈川・栃木・岐阜・愛知・兵庫・福岡県の一都二府八県の全国に及ぶ大人口を抱える大都市圏である。

世界中でコロナ感染が蔓延している中で、今まで一年間対応している中で鎮静せず、一言でいうと「手がつけられない状態」というところだ。


そのような中で、首長が執る〝舵取《かじと》り〟に相反する抵抗者が表面に出てくる。

一つには、〝今店を閉めたら従業員に支払いができなくなる。〟〝資料・材料を購入している業者が苦しむ〟など、もっともらしい理由である。

しかし、答え方が違っていると思う。「緊急事態宣言処置は理解できるので応援する。

だから、社員・取引業者・生産者の支援をお願いしたい」という方向に話を向ける必要があると思う。最初の言い方では、社員・従業員を盾に自分を隠しているように窺《うかが》える。とにかく一刻も早いコロナの沈静化へ何が最も重要か、だ。いまのコロナ問題しかり、日本人は少し性格が悪くなってきているのではないだろうか。私の小さい時と比べてみてもそのように感じる。

社会の変化も感じられる。何とはなく社会が「希薄」になってきているように思えるのだが。〝社会よりも個人〟ということが主になってきているようにも思える。もしそうであれば良い方向性ではないと思う。私の願いは〝個人より家庭、そして社会〟である。

そのうえで次の項に入りたい。関連している内容だと思う。引用したのは藤井厳喜《ふじいげんき》氏と林建良《りんけんりょう》氏の対話形式の書物である。

九章　日本人がなくした勇気と正義感…台湾人の視点

『台湾を知ると世界が見える』（藤井厳喜　林建良著　ダイレクト出版）より

一　日本の「核」は腐っていない！

藤井：イスラエルの元駐日大使・コーエンさんと日本についてお話ししたとき、私が、

「今の日本は非常に堕落《だらく》してダメな社会になってしまった」

と申し上げますと、コーエンさんは、

「でも藤井さん、日本社会の一番核のところはまだ腐っていないと思いますよ」

とおっしゃいました。

コーエンさんが言った、この「日本社会の一番の核《かく》の部分」が、林《りん》さんがおっしゃった、台湾や外国の方に尊敬される「日本らしさ」ではないかと感じました。

そこに我々の希望があるのかなと思います。

この日本らしさの根底に、天皇陛下と皇室が存在しています。

日本社会の歴史的一貫性を支えているのは皇室であり、天皇です。

日本民族の中心の天皇を守ってゆこうという国民の決意はしっかりしています。

このことは、この度の平成《へいせい》から令和《れいわ》への御代替《みよが》わりでも実感しました。

藤井：戦前の日本人と比べると、今の日本人は正義感・冒険心がなくなってしまったのかなと。これは日本人自身がしっかり立て直していかなければならない。日本の本来の形を取り戻していかなければならない。そういう意味で台湾の方が日本に期待することは？　外から見て日本はどういう方向に向かって行ってほしいか、御意見を伺いたい。

林：日本人が感じるかどうか分《わ》かりませんが、僕のような外国人から見ると言葉の検《けん》閲《えつ》が非常に厳《きび》しいと感じる。例えば、「愛国心」や「戦争」などは非常に敏感な話題で誰も触れたがらない。そうなると結局、戦前の日本とか、武士道とか、日本人の誠とか、和を以て貴しとなす精神とか、こうした日本人の本質を表す言葉すべてが、触れてはいけない言葉として避けられる。

日本人同士の話題はみんな「無難な」話題です。政治的な話はしない、宗教や思想の話をしない。日本人が好む話題は天気とかスポーツとか、誰が何を言っても批判されないようなことです。日本人は長期的なスパンで語る話題を避けようとする。

それから、「悪」を教えずに「善」ばかり教えることに疑問を感じます。日本では、「みんな仲良し」が良いこととされていて、世界には「善」しか存在しないかのように教えている。しかし、現実の人間の世界においては、「善」もあれば「悪」も存在する。どんな人間でも、必ず「悪」の部分がある。その「悪」の部分を教えなければ、「悪」に立ち向かおうという概念、その勇気がなければ、正義感というものは生まれてこないでしょう。

それから、自分以外のことには興味のない日本人が増えていると感じます。自分さえ会社の中で安住することができれば、会社の外でどんなことが起こっていても関係ない。どんな荒波であろうとも、自分が乗っている船が安全であれば、自分とは関係がない。そのように考える日本人が多いんですね。だから日本人は政治に関心がありません。国際政治や将来について関心がありません。関心の持てる範囲は自分の会社だけという日本人が結構多い。

国民がそうだから、日本の政治家も、国際政治について主張しても票にならないから、重大な問題であるのに全く関心がありません。非常にちっぽけな、どうでもいいような問題ばかり力を入れて取り上げる。

官民問わず、くだらない問題ばかりに興味があって、今の世界情勢の中での日本や、その将来については全く関心がありません。どうして日本がそうなってしまったかというと、それはやはり、正義感がものすごく欠けてしまったからだと思います。正義感がなければ冒険心も湧いてきません。冒険心がないとどういう人間になるか。

僕は小児科医なので、子供さんも大勢診ているのですけど、なんと小学校低学年の子供がよく、「まあ、このほうが無難かな」と言う。小学校低学年の子が「無難」という言葉を使う。もう、小学校の時から安全な道を進もうとしているんです。そして日本の教育現場では、先生が子供に非常に媚《こ》びる傾向があるのです。知識のあるものが子供に合わせていたら、教育はできません。

また、家庭教育はどうなっているのでしょうか。日本の家庭教育を見ていると、父親不在ですね。日本の父親は母親より優しい。つまり怖い存在がないということです。人間は、怖い存在がなければ畏敬《いけい》の念《ねん》（筆者注：心から尊敬すること）は失われます。そして、人間は成長しません。

また、日本の教育現場では、「怖い」こともタブーで、強調しているのは「優しさ」です。とにかく、「優しい人間になってほしい」と、この言葉が学校の教育現場で一番使われています。しかし、優しさというのは、その後ろに強さがなければ本物ではありません。自分にそれなりの強さと力がなければ、人に優しくすることはできません。

しかし、今の日本では優しさばかり強調されて、力の存在が無視されています。（中略）これでは、「悪」に立ち向かう正義感も出てこないし、力も湧いてこないし、冒険もできない。結局みんな無難な道を選ぶことになります。

藤井：被害者に〝命が大事だ〟と言っても意味がありません。人間にはみな自分のエゴというものがあり、それをコントロールしなければ、とんでもない悪になってしまう。だから、自分のエゴイズムを抑えなければいけない。いじめを止めに入るというのはリスクを伴う行動で、勇気がいることです。いじめを止めに入れば自分も傷つくかもしれない、という勇気がなければ、いじめは止められないですよね」（筆者注：この後、「国際情勢に置き換えて話すと」として、いじめられっ子を台湾、いじめっ子を中国に置き換えて解説が続くが、ここでは省略した）

二　台湾人が憧れるサムライの国・日本

藤井：台湾から見た日本についてですが、台湾人はいったい日本と日本人をどのように捉えているのでしょうか。台湾人が、非常にだらしのない今の日本人を戦前、戦中の日本と比べてどのように見ているのか教えてください。

林：台湾人の日本に対する見方というのは世代によって異なります。世代のちがいによって、日本に対する見方は異なります。

◎日本統治時代に日本の学校教育を受け、日本人と一緒に生活してきた戦前時代

◎戦後生まれの、蔣介石の洗脳教育を受けた世代

◎李登輝《りとうき》政権下の自由な時代に生まれ、日本統治時代について客観的に評価する教育を受けた世代

これらの世代の違いによって、日本に対する見方は異なります。

日本の統治を受けた世代は、日本を「心の祖国」と表現しています。

日本統治を受けた、かなりの台湾人がそのように日本を表現しています。なぜ彼らはそのように思っているのか。それは、戦後日本が引き揚げた後チャイナ（中国）からやってきて、台湾を統治したあの連中の国を祖国と認めたくない、と思うからです。では、台湾そのものは祖国ではないのかというと、台湾は終戦当時、ま

だ国という形にはなっていなかったので、台湾を祖国だと思う感覚がありませんでした。

台湾人自らが造った、台湾人によって統治されている体系的な国、国家体制というものがなかったのです。

それと、それまで日本から受けてきた民度の高い、レベルの高い教育と比べられる世代です。彼らにしてみれば、一流の国（日本）に統治されたあと、三流の野蛮人の国（中国）に統治されたわけです。そして、終戦と同時に日本人でなくなるや、今度は突然、「お前たちはチャイニーズ（中国人）だ」と言われて、むりやり国籍を押し付けられたことに対する反感もあります。

彼らは、日本を「心の祖国」と思い、日本文化に対して郷愁を持っている世代です。この世代は僕たち戦後世代の台湾人に、日本人のサムライ的な部分を伝えたので、僕たちも日本人に対してそういうイメージを持っている。彼らの日本統治経験が、今の親日的台湾を形作る基礎になっているのです。

彼らが経験した日本的な部分、そして彼らが「日本精神《リップンチエンシン》」と名付けたものはどういうものかというと、一言でいえば、サムライ的なものです。そこには、規律があって、清潔であって、正義感があって、冒険心がある。弱きを助け、強きを挫く義侠心が、当時の日本人にはありました。

彼らがそういう日本人の日本精神を誰から感じ取ったのかといえば、特別の一流の人ではなく、もっと身近にいた、台湾人のすぐそばにいた日本人の警察官と学校の先生からなのです。

当時、日本が台湾のインフラ整備に投入した人材は全て一流でした。台湾近代化の基礎を作った民政長官《みんせいちょうかん》の後藤新平《ごとうしんぺい》。後藤新平の要請によって台湾にサトウキビ産業を興した新渡戸稲造《にとべいなぞう》。台湾の教育普及に携わった伊澤修二《いさわしゅうじ》。伊澤修二の要請を受けて台湾に渡り、犠牲となった六氏先生《ろくしせんせい》。台湾の上下水道を改良した浜野弥四《はまのやし》郎《ろう》。烏山頭《うざんとう》ダムを作り、台湾南部の嘉南《かなん》平原を肥沃な土地に変えた八田與一《はったよいち》。台湾の米を改良した磯永吉《いそえいきち》。すべて一流です。

三　台湾人が敬愛した「普通の日本人」

林：では、台湾人が一流の人材を尊敬したから親日感情になったのかといえば、そうではありません。台湾の庶民にとって、彼らは偉すぎて雲の上の存在でした。（中略）台湾人の親日感情の原点にあるものは尊敬という感情です。尊敬という要素はとても大事で、人と人の友情には尊敬というものがなければならない。台湾人の日本人に対する尊敬の原点は、実は警察官と学校の先生なのです。

当時の台湾における警察官というのは、単に治安を維持するだけではありませんでした。地域産業の振興から教育の普及、衛生検査の実施に至るまで、つまり、当時の日本政府のすべての政策は、警察官を通じて遂行されました。

特に原住民の小さな村では、派出所の日本人警察官が学校の先生を兼ねていました。法的権限も持っているので、台湾人にとっては怖い存在でした。

日本統治時代の台湾人が口々に言うのは、「学校の先生と警察官はとても怖かった」ということです。ところが、一番尊敬しているのも、学校の先生と警察官だというのです。

彼らは、厳しいけれども愛情をもって接してくれた。

終戦で日本人が去った後も、台湾人は彼らにずっと感謝し続けました。そして、台湾経済がやっと安定期を迎えた一九六〇年代以降には、かつて教え子であった台湾人が日本人の先生を台湾に招いて、あちこちで同窓会が行われていました。

尊敬が感謝になり、やがて親日感情になったのです。だから、世論調査では台湾人の一番好きな国は常に日本なのです。

台湾人の親日感情は本物であり、その親日感情の原点にあるものは、普通の日本人の中にある日本人気質への尊敬、憧れです。その日本人気質とは、真面目で、誠実で、裏表がなく、狡猾《こうかつ》（ずる賢《がしこ》いこと）ではない、内面も外面もきれい、正義感も冒険心もあるというもの。

そういう気質を、ほぼすべての日本人に台湾人は感じたのです。

自分もそうなりたいと思ったんですね。

もう一つ付け加えてこの項を終わりたい。

四　台湾で神様になった日本人

藤井：　そういう日本精神で、自分の命を犠牲にして台湾人を守った日本人が戦前の台湾にいて、尊敬と親しみを込めて「神様」として祀られている日本人もいますね。ぼくはこのことを知って、とても驚きました。

たとえば、台南市《たいなんし》にある「鎮安堂《ちんあんどう》・飛虎《ひこ》将軍廟《しょうぐんびょう》」には日本の戦闘機乗組員が神様として祀られています。「飛虎《ひこ》」とは戦闘機《せんとうき》のことで、杉浦茂峰《すぎうらしげみね》海軍兵曹長《かいぐんへいそうちょう》のことです。

一九四四年十月十二日、米機動部隊発進のグラマン機が台湾を総攻撃。台湾南部の航空隊が迎撃出動し激しい空中戦に。日本軍劣勢の中、被弾した一機の零戦《ぜろせん》が集落を避けるように機首を上げて飛び去った。それが杉浦兵曹長の零戦です。

杉浦兵曹長の遺体が畑で見つかりました。しばらくして、地元の住民は杉浦兵曹《すぎうらへいそう》長《ちょう》を祀《まつ》る祠《ほこら》を建てて毎日お参りを欠かしませんでした。

一九九三年には新しい廟《びょう》が建てられ、ご神体が安置されました。廟では今も毎日「君が代」が斉唱され、夕方には「海ゆかば」が歌われているということで、大変驚きました。

もう一人、台湾で「神様」になったのは、警察官の森川清治郎《もりかわせいじろう》巡査《じゅんさ》です。森川《もりかわ》巡査《じゅんさ》は明治三十（一八九七）年、三十七歳で台湾に赴任《ふにん》し、現在の嘉義県副瀬村《かぎけんふくせむら》という漁村に着任しました。治安の維持に努めるだけでなく、派出所の隣に寺子屋を建てて、勉強を教えるなど、村民の教育と福祉に尽力した人格者でした。

ある日、台湾総督府は漁業税という新税を制定しました。これに対し森川巡査は「貧しい漁民たちにはとてもこの新税は納めきれない」と、税の減免を願い出ました。当時の警察官にとっては、税の徴収も職務の一つであり、森川巡査は日頃から漁民たちの苦しい暮らしぶりを知っていたのです。

しかし、その願い出は拒否されただけでなく、懲戒処分《ちょうかいしょぶん》を受けました。

森川巡査は身の潔白を晴らすべく自決を遂げます。

村民たちは、自分たちを守ろうとして自分の命を犠牲にした森川巡査を慕い、ずっと語り継いでいました。

それから二十一年後の大正十二（一九二三）年、副瀬村《ふくせむら》周辺で伝染病が大流行しました。この時、森川巡査《もりかわじゅんさ》の霊《れい》が村長の夢枕に立ち、対策を教えるという不思議な出来事が起きて、その通りにしたところ、伝染病は収まったといいます。村人たちは「森川巡査が死後も自分たちを守ってくれている」と心から感謝し、神像《しんぞう》を作り、「義愛公《ぎあいこう》」の尊称《そんしょう》を与えて、地元の富安宮《ふあんぐう》という廟《びょう》に祀《まつ》りました。義愛公《ぎあいこう》の神像は複数作られ、各地に貸し出されるほどの人気だそうです。

この二人は自分の命を犠牲にして台湾人を守ろうとしたので、「神様」として祀られるようになったのですが、命を落とさないまでも、こうした日本人と台湾人の絆《きずな》が台湾の至る所で確かに存在したからこそ、台湾の人々は戦後も親日的であり続けたのだと思います。

本章でここまで書いてきた「日本人がなくした勇気と正義感」の内容について、私なりに少し述べてみたいと思う。

まず気になる部分であるが、林氏の話で、小学校低学年の子供がよく、「このほうが無難だ」という言葉を使っていることについてであるが、私にもこのような言葉は何となく聞いている日常の雰囲気が感じられる。このように書いて、自分でドキッとしている。世の悪い風潮に一言いいたいと思いながら、こんな気持ちではいけないと自分を責めながら、筆を進めている。

小さい子供時代に教えられたことや習ったことは、大きく育って大人になった時にはすでに身についている。精神教育は十代までが最も大事な時であろう。それなのに〝無難に日々を送る〟ような教育は、ひ弱で抵抗力のない人間に育ててしまうことになる。

〝ことなかれ的〟な子供の教育はよくない。危険である。無難なことしか考えない人間になってしまうであろう。石橋をたたいて渡る人間ばかりが出来上がってしまう。国家として恐ろしい社会になる。

二つ目には、台湾人が日本の統治時代に経験した日本的な部分、そして日本精神、つまりサムライ精神が当時の台湾の人々の成長に役立ったという。

サムライ的な日本精神とは、「規律があり、清潔で、正義感があり、冒険心がある。弱きを助け強きを挫《くじ》く義侠心《ぎきょうしん》があった」という。これらは日本古来の特性で、生き様であった。

日本人として聞いていてありがたく、うれしく思うが、さて、今日《こんにち》の日本の社会風潮を見ていると、恥ずかしくもすべてが「死語《しご》」になっているのではなかろうか。

この当時の警察官は社会、地域の治安だけでなく、地域産業の振興、教育、そして身の回りの衛生上の心配まで、職務としてこなしている。政府に代わって警察官がこんなに多くの仕事をこなしていたのである。まさにスーパーマンではないか。

先ほど書いたサムライ精神はすべて、どれ一つ残さず失くしている現在ではないのだろうか。日本の社会全体が浮《うわ》ついているように思える。

何がこんなふうにさせてしまったのだろうか。

思うに一つには、〃お笑い系の番組〃があるのではなかろうか。面白くもなく、味のある内容でもない芸を、無理に笑わせようとの意図から、テレビと視聴者との間に隙間が生じているように感じる。

テレビによるもう一つの影響であるが、近年、〝シンガーソングライター〟なる自作自演の歌手なるものが出ているが、音楽の流れ、リズムがあるとは思えない。人間の脳のリズムに合わないものが非常に多い、と感じる。

聴いていて、時には生活リズムを崩したりすることもないではない。

自分がその場の思いつきで作ったリズムと詞を、自分に酔いしれて、自分個人の世界に入って歌っているとしか思えない。手馴れた、職業として、またその世界に生きておられる先生が作られたものとの違いは歴然としている。

しかし、シンガーソングライターなどの自作自演がすべてよくないとは思っていない。自作自演の歌にもとても素晴らしく、長く歌われているものがいくつもある。聴いている側は、体感・音感で聴いているはずである。これらのことが長い期間を経て、社会を変えていくのであろう。

同様に、社会風潮が日にちをかけて、長い間に知らず知らずの間におかしくなっていくことがある。その場その場で立ち会っている人は、瞬間のため気づかない。何十年、何百年もの歳月をかけて、良かれ悪しかれ世の中を変えていってしまう。都度のチェックが必要であろう。

また、テレビ番組も最近ではとても長い題名の番組が多くなっているように感じ、意味もよくわからない。さらに三時間、五時間と劇場で映画を見ているように長いものもあり、見る見ないは好き好きで、家族は別々になってしまう。これでは自分の部屋で自分の好きなことをするようになるのも当然だ。

もっとも、〝親子の年代差では共通して楽しめるような番組は難しい〟との話が出るであろうが、そこは専門家の知恵を絞るところであろう。

例えば、『欽ちゃんのどこまでやるの』というテレビ番組のことはこの書の初めのほうでも書いたが、この番組を見るために外で遊んでいた子供がみんな家に帰ったという名番組であった。私もそのうちの一人であった。だから、考えられないことではない。

三つ目には、「飛虎将軍」のところでも記してきたが、みずからの命を犠牲にして物事に当たる、という『精神』は近年の社会ではなくなっているのではないか。

私の「自決の場面の経験」としては、昭和時代の作家、三島由紀夫。これは当時のテレビのニュースで知った。もう一つ、映画『日本の一番長い日』のクライマックスの場面で、阿南陸軍大臣の自決である。いずれも、内容が内容だけに非常に印象に残っている。

ところで「自決」とはどのように説明すればよいのだろうか。簡単には責任をとって死ぬことであろうが、それ以上の言葉が見つからない。

そこで、ネットで調べてみた。いくつもの解説の中から次のものを選んだ。参考までに。

①自殺・自害・自決の違いは！（資料は出所不明）

［共通する意味］自ら生命を断つこと。

［解説］

a：「自殺」は、「A氏の自殺」、のように客観的な表現で、特定の行為にも「中年の自殺」のように不特定の行為にもいえるのに対し、

b：「自害」「自決」は、行為者の決意が含まれる表現。「自害」は、古めかしい言い方で、現代ではあまり用いられない。

c：「自決」は、軍隊などの組織で指導者が責任を取ったり、個人が主義主張を貫いたりするために自殺する場合に用いられ、潔《いさぎよ》さを伴う。

ところで、林氏の話にあった、日本人の指導により教えられた台湾人の「日本精神《リップンチエンシン》」の捉えかたは四つの性質で、規律・清潔・正義感・冒険心となっている。そして、弱きを助け、強きを挫《くじ》く義侠心《ぎきょうしん》であった。

「弱きを助け、強きを挫く……」。このセリフに聞き覚えはないだろうか。私が小学生の頃（今から六十年近く前だから、一九六〇年頃か）に、テレビ映画で夕方に放映していた「スーパーマン」。外で何をして遊んでいようと、その放映時間にはテレビの前で待ち構えていたことを思い出す。

以下は本章の冒頭から引用した『台湾を知ると世界が見える』で、藤井厳喜氏と林建良氏の二者対談の中の林氏の部分を取り上げたものである。

「規律は時間を守ること、法を守ること、礼節（人を敬う気持ちを表すこと）を守ること。清潔は外面の美しさだけではなく、内面も美しく穢《けが》れのない生き方をすること。正義感と冒険心は、弱《よわ》きを助《たす》け強《つよ》きを挫《くじ》く精神。こうした『日本精神』をかつての日本人は備えていて、そこに台湾人は憧《あこが》れた。自分もそうなりたいと。しかし残念ながら、今の日本人は、規律と清潔の部分はあるけれども、正義感と冒険心を失ってしまったと思います」

その前の林氏の話にもあるが、今の日本社会は、バカみたいにただ明るく装っているだけで、社会基盤があるのかないのか……。

いや、あるようには感じられない。つまらぬ犯罪が蔓延しているように思う。特に若者の犯罪が多すぎるのではないだろうか。その犯罪も重いほど、ニュースでは「職業無職」と伝えられることが多いような気がする。

だから犯罪をなくすには、「無職」をなくす政策をとればよいと思う。ゼロになるかはともかく、間違いなく減少するであろう。

その意味では、私は「今の社会は明るい」とは思えない。
本章での参考資料を次に掲載しておきたい（『ウィキペディア』より）。

六氏先生

六氏先生の墓

六氏先生《ろくしせんせい》または六士先生《りくしせんせい》は、日本統治時代の台湾に設立された小学校、芝山巌学堂《しざんがんがくどう》で抗日事件により殺害された日本人教師六人のことである。

一八九五年（明治二十八年）五月十七日、下関条約（馬関条約）により台湾が日本に割譲され、五月二十一日から日本による統治が始まると、当時文部省の学務部長心得だった伊沢修二は、初代台湾総督に就任した樺山資紀《かばやますけのり》に「（台湾の統治政策の中で）教育こそ最優先すべき」と教育の必要性を訴え、同年六月、日本全国から集めた人材七名を連れて台湾へ渡り、台北北部の芝山巌《しざんがん》恵済宮という道観の一部を借りて同年七月に芝山巌学堂という小学校を設立した。

最初は生徒六人を集め、台湾総督府学務部長となった伊沢と教師七人の計八人で日本語を教えていた。

その頃、能久《よしひさ》親王が出征中の台南（後の台南神社境内）で薨去し、それに伴い伊沢と一人の教師（山田耕造）は親王の棺とともに日本本土に一時帰国した。その伊沢の帰国中に事件は起こる。

一八九五年の暮れになるとふたたび台北の治安が悪化し、日本の統治に反対する勢力による暴動が頻発すると、周辺住人は教師たちに避難を勧めたが、教師らは「死して余栄あり、実に死に甲斐あり」と教育に命を懸けていることを示し、芝山巌を去ろうとはしなかった。

一八九六年（明治二十九年）一月一日、六人の教師と用務員（小林清吉）が元旦の拝賀式に出席するために生徒を連れて船着場に行ったが、前日からのゲリラ騒ぎで船が無く、生徒達を帰して芝山巌に戻った。再び芝山巌を下山しようとした時、約一〇〇人の抗日ゲリラ（日本側で言う匪賊）に遭遇した。教師たちはゲリラたちに説諭したが聞き入れられず、用務員の小林を含む七人全員が惨殺された。

彼らの台湾の教育に懸ける犠牲精神は「芝山巌精神」と言われ、人々の間で語り継がれるようになった。この「芝山巌精神」は当時の台湾教育者に多くの影響を与え、統治直後、総人口の〇・五〜〇・六パーセントだった台湾の学齢児童の就学率は一九四三年（昭和十八年）頃には七十パーセントにもなった。また終戦時には識字率が九十二・五パーセントに上り、後に台湾が経済発展をする基礎となった。

一九三〇年（昭和五年）には「芝山巌神社」が創建され、六氏先生をはじめ、台湾教育に殉じた人々が、一九三三年（昭和八年）までに三三〇人祀られた。

一九四四年、台湾に配属されていた日本海軍の杉浦茂峰兵曹長（戦死後に少尉昇進）は零式艦上戦闘機三二型に搭乗して台湾沖航空戦に出撃。十月十二日午前、台南上空で米軍機を迎え撃つも撃墜される。

彼は集落への墜落を避けるため郊外まで操縦してから脱出したが、落下傘で降下中に米軍機の機銃掃射を浴び、二十歳で戦死した。軍靴には「杉浦」と書かれていて、その後、第二〇一海軍航空隊分隊長の森山敏夫大尉の協力で、この飛行士が「杉浦茂峰」と判明した。

死が迫る中で住民の命を守ろうとした杉浦氏を「神」と称え、地元の有志らは一九七一年にほこらを建てた。現在は毎日管理人が朝夕二回、煙草に点火して神像と写真に捧げて、日本の国歌『君が代』、午後は『海行かば』を祝詞として歌っている。

二〇一六年九月二十一日には神像が高雄国際空港から成田国際空港を経て杉浦の故郷である茨城県水戸市に運ばれて里帰りを果たし、翌二十二日には茨城県護国神社で慰霊祭が営まれた。

これは、二〇一六年春に廟を訪ねた日本人作家の夢枕に杉浦が立って「水戸に帰りたい」と告げたという話があり、それを受けて廟の管理委員会が神像に伺いを立てたところ「その通りである」との託宣を得たことによる。

飛虎将軍廟

杉浦茂峰（一九二三年～一九四四年）

茨城県水戸市出身。志願兵として乙種飛行予科練に入隊した。一九四四年十月十二日に零戦三二型で米軍機Ｆ６Ｆと交戦し、撃墜され戦死。死後に功六級金鵄勲章と勲七等青色桐葉章が授与された。

森川清治郎（一八六一年～一九〇二年）

日本の警察官。「義愛公《ぎあいこう》」の名で知られ、台湾において土地神として崇められている。

一八六一年、横浜市中区紅梅町（現・神奈川県横浜市西区戸部本町）の農家の息子として生を受けた。

日本にて警察官としての業務をこなしていた。

日清戦争後の一八九七年、台湾が日本の統治下になったのをきっかけに渡台し、台南県下の大坵田西堡副瀬庄（現・嘉義県東石郷副瀬村）の派出所勤務となった。

劣悪な治安情勢の中、粉骨砕身の思いで任務を続ける傍ら、寺子屋を開き、日本より教科書を取り寄せて住民に読み書きを指導した。また、衛生状態を改善するために排水溝を作るなど衛生教育にも熱心であった。こうしたことから、近隣住民からは「大人」と慕われるようになった。

一九〇一年に台湾総督府が漁業税を新たに制定、漁業中心の貧しい暮らしをしていた副瀬村は立ち行かなくなり、税の減免を森川へ嘆願した。

これを聞いた森川は村民の意向を聞き入れ、嘉義庁東石港支庁へ赴き、減税を求めたが、当時の支庁長は「警官でありながら、村民を扇動するつもりか」と要請をはね除けた上、森川を訓戒処分に処し徴税を重ねて命じた。

この件がきっかけとなり、森川は一九〇二年四月七日、朝の巡回を終えた後に、所持していた村田銃の引き金に足の指をかけて頭部を打ち抜いて自殺した。

森川の死後の一九二三年、副瀬村近隣にコレラ脳炎などの伝染病が流行した。当時保正（村長）であった李九は、夢枕に森川が警察官の服装で現れ、「環境衛生に心がけ、飲食に注意し、生水、生ものを口にせぬこと」というお告げの内容を村民に告げた。

村民がこれを守ったところ、伝染病の流行をまぬがれることができた。生前の森川が衛生に特に熱心であった影響と思われる。

そして「森川巡査の義と愛に感謝して」と義愛公《ぎあいこう》の尊称をつけられた森川の御神体が造られて長く愛されるようになった。二十一世紀現在、森川家は絶えてしまい、日本からは姻戚の兜木家の者がたまに参拝しているが、地元での信仰は篤く、分霊も行われている。

旧台湾総督府庁舎

所在地：台北州台北市文武町一丁目
設　置：明治二十八年（一八九五年）六月十七日
廃　止：昭和二十四年（一九四九年）六月一日

台湾総督府は、明治二十八年（一八九五年）四月十七日に調印された下関条約によって、台湾及び澎湖列島は日本へ割譲され、日本は台湾を領有することとなった。同年六月十七日、台北において始政式が行われ、台湾総督府による台湾統治が正式に開始された。

今ここで取り上げてきた英傑たち、六氏先生、そして杉浦茂峰兵曹長、森川清治郎巡査。死去の歳は非常に若い。若死にしている。

次にこの方たちの享年と出身地をまとめてみた（『ウィキペディア』より）。

氏名	享年	出身地	備考
森川清治郎	四十一歳	現・神奈川県	
杉浦茂峰	二十歳	茨城県	
（六氏先生）			
楫取道明《かとりみちあき》	三十八歳	山口県	吉田松陰の妹・寿の次男
関口長太郎	三十七歳	愛知県	
中島長吉	二十五歳	群馬県	
桂金太郎	二十七歳	東京府	
井原順之助	二十三歳	山口県	
平井数馬	十七歳	熊本県	

以上のとおり、戦時中のこととはいえ非常に若くして亡くなっている。

杉浦茂峰兵曹は二十歳である。自分が乗っている零戦が被弾して噴煙をあげながら、なんとか民家を避けようと操縦して、ようやく落下傘で脱出するや、敵機からまともに銃弾を受けてしまった。落下傘にぶら下がっている状態だから避けようがない。二十歳である。

現代の三十代、四十代の若者族ときたら、無謀運転する、煽り運転する、スカートの下にスマートフォンを入れる、介護施設で力もない被介護者に乱暴する、幼児に手をかけるなどなど、あまり良いところが見えないのではないか。もちろん、そうではない若者も大勢いるだろうが。

ところで、台湾について調べていたら、勇敢な日本人がいろいろ出てきた（『ウィキペディア』より）。

廣枝音右衛門

廣枝《ひろえだ》音右衛門《おとうえもん》：台湾人の部下らに投降を促して責任を取って自決し、死後獅頭山に祀られた。
一九〇五年（明治三十八年）十二月二十三日～一九四五年（昭和二十年）二月二十四日

台湾総督府警察の警察官、海軍巡査である。毎年九月第三土曜日か日曜日に、台湾・苗栗の勧化堂で慰霊祭が斎行されている。

一九二八年（昭和三年）に幹部候補生として佐倉歩兵第五十七連隊へ入隊。軍曹まで昇進する。満期除隊後、一九三〇年（昭和五年）に職を辞して台湾に渡り、当時難関の職業であった台湾総督府巡査を志願し晴れて合格した。

なお、この後の詳細についてはご自身でお調べ願いたい。

十章　（再度）日本の国民性（インターネットの記述より）

日本の国民性については、世界でも取り上げられてきている。日本国民としては大いに誇れることであろう。

この書でも書いてきたが、いま一度別の角度からも見てみたい。以下はインターネットのある動画サイトで取り上げられた内容と、それを見た海外の人々から寄せられた感想の概要である。ただし、一コマが少し長いので、多くは取り上げられないと思う。

◎ある日本人の粋な行動に海外も感動

平成三十（二〇一八）年、三十七年ぶりの大雪に見舞われた福井県での出来事。最大時には一五〇〇台が全く動けない状態に陥った。

食料を手に入れることが出来ない大勢のドライバー達のために、国道八号線沿いにある中華料理のチェーン店は、余った食材で焼き飯や天津飯など約五〇〇人前を作り無償で提供。その日お店は雪の影響で臨時休業だったが、その日訪れた副店長が、急遽《きゅうきょ》炊き出しを思いつき、上司に確認したところ、「どんどんやって」と快諾を得たそうだ。

また、立ち往生した車には大手製パン会社の配送トラック十八台も含まれており、近くに停車していたドライバー達に、やはり無償でパンを提供、さらに営業所に残っていた八万個のパンを避難所などに送っている。

また他にも、あわら市と坂井市の給食センターや周囲の料理店なども立ち往生のドライバーに食料を無料提供していたそうだ。

このことは、日本のネット上で大きな話題となったが、海外でも複数のメディアに取り上げられ反響を呼んだ。


類似のものをもう一つ。

◎子供の頃から……
ペダルのない幼児用の二輪遊具である「キックバイク」。

自転車のようにまたがって乗り、足で地面を蹴って進む。年齢対象は、二歳から六歳くらいまでの未就学児で、この年齢を対象としたレースイベントも世界各地で開催されている。

この動画は、キックバイクの代表的なメーカーが日本で開催したレース中の一幕で、二歳か三歳ころのまだ体の小さな男の子が、レース中に転んでしまった同年代の子供を心配してキックバイクから降り、もう一度レースに戻る手助けをしたというものだ。

動画はこれまで様々な海外のサイトで取り上げられた。子供たちの他者への思いやりは世界各地でみられるものであるはずだが、多くの外国人の目には、非常に日本的な光景に映ったようだった。

世界中から寄せられたインターネット上のコメントには、助け合いの心への称賛の声、日本の子供たちへの教育の素晴らしさ、「一流の国は人の振る舞いも一流」「日本がどういう国なのかがよくわかる」など、日本人の粋な行動を称えるものが多い。

◎日本人特有の規律に称賛の声

海外で度々取り上げられる、なぜ日本人は列に並ぶのか？　というテーマの記事から。日本、東京では年に二回「コミケ」と呼ばれる大規模な漫画のイベントが行われ、期間中の三日間で五十五万人以上の来場がある。

一般的には、その人出は主催者側を混乱に陥れるものだが、この主催者は群衆を完璧にコントロールしていた。また来場者は長い列であっても我慢強く待ち続けていた。

しかし、このような状況での静けさはコミケに限ったことではなく、これは日本の文化なのである。日本人は幼い頃から、「列に並ぶ文化」を学ぶ。自己規律、協調そして尊敬の精神を学ぶのだ。

例えば保育園・幼稚園や小学校では一〇〇人規模の演奏会を催すが、他のグループが演奏している間、子供たちは静かに椅子に座り、演奏に耳を傾ける。演奏している子供たちは、他者と呼吸を合わせることを学ぶ。聴いている子供たちは忍耐と自制心を学ぶ。

そして大人になると、人口が密集した日本の都市で何かを得るには、待つ必要があることを、一般社会で迅速に吸収する。長年かけて習得した、静かに待つことで他者に敬意を払うことの振る舞いは、いかなる状況でも、災害の時ですら守られる文化になった。

二〇一一年の東日本大震災の時に見せた日本人の反応は奪い合いではなかった。漸《ようや》く日用品を手に入れられるようになった時、日本の人たちは律儀に、礼儀正しく一列に並んだ。この、列に並ぶという美徳は海外では一般的なものではない。国によっては割り込んだ人間にちゃんと順番を守るように求めると、機嫌を損ねる人たちが一定数存在する。

一方日本では、列は言わば神聖なもの、なぜなら幼い頃から教え込まれてきた道徳的価値である。したがって、コミケの来場者が軍隊のように規律正しいことも、決して偶然ではない。

単純にそうするしかないことを、彼らは理解している。いまコロナウイルスの影響でイベント等は、中止、延期、または制限付きの開催となっているが、イベント会場以外の場所でも列に並び、ソーシャルディスタンスを守る姿はよく目にすることができる。

「自国でもみんなが並ぶようになったら夢のような話だ」「ニューヨークでもちゃんと並

ぶけど、乗り物が到着したとたんにそれは崩れる」「こういう文化を持つから繁栄したのは当然」「文化の違いは尊重しているが、中でも日本は素晴らしい。自己規律と協調性、敬意と忍耐が保たれている」「こんな国で暮らせたらどんなにいいいか」などなどのコメントが見られた。

◎日本語はやっぱり奥深い！　日本にしかない言葉が素晴らしすぎる！

世界中にあらゆる言語が存在する。英語や中国語のように、億単位の人に使われる言語があれば、絶滅寸前の言語も存在する。その中でも日本語を学ぶ外国人は年々増加している。

文法のルールが難しいとか、なぜ漢字、平仮名、カタカナと三種類の書き方が存在するのとか、敬語が混乱するなど様々な意見があるが、その日本語の奥深さに虜《とりこ》になる人もまた多くいるようだ。

そんな日本語は、日本語でしか表現できない素敵な言葉をたくさん生み出した。ここに世界の言葉で言い表せない「日本語」をご紹介する。

①わびさび

海外の言葉に訳せない日本語の代表格がこの「わびさび」。

質素で簡素な美しさといった意味合い。抽象的で日本人でも感覚でしかつかめない言葉だが、多くの日本人が「わびさび」の美しさを感じることができるのではないだろうか。

②もったいない

この言葉も海外の言葉では表現できない単語の一つ。海外ではそのまま「Mottainai」と表記されている。二〇〇四年にノーベル平和賞を受賞したケニヤ出身のワンガリ・マータイさんが、環境を守る世界共通語として「Mottainai」（もったいない）を広めることを提唱し、注目を浴びた。

マータイさんは、日本語の「もったいない」という言葉を知り、この言葉の意味に該当する別の言葉を他言語に探した。しかし、「3R＋Respect」という精神のすべてを網羅する言葉を「もったいない」以外には見つけることはできなかったそうだ。

３Rとは「Reduceゴミ削減」「Reuse再利用」「Recycle再資源化」のことを指し、最後の「Respect」はかけがえのない地球資源に対する尊敬の念を表している。マータイさんは、これらの意味をすべて包括するのが「もったいない」という言葉だと定義した。

こうして日本語が大切な精神として世界から注目を浴びたことは、とても誇らしいことだ。

③切ない

「せつない」は海外の言葉ではほとんど表現できない。強いて言うならポルトガル語の「サウダージ（saudade）」などが意味合いとしては近いが、胸が締めつけられるような、あのグッとくる何とも言えない感じは「せつない」でしか表現できないと思う。

④いただきます

私たちは一人で食事する場合にも「いただきます」と手を合わせるが、それに一致するような行為や言葉は、世界にはないようだ。

西洋の映画などでは、食事の前に神様へお祈りする場面を見るが、それも敬虔《けいけん》なクリスチャンの家だけのもの。普通は「食べよう」と言ったり、何も言わなかったり。フランスでは「ボナペティ」のように、作った人が「召し上がれ」と言うことも多い。中国や台湾では、家族だけの場合は「食べるよー」と声をかける程度。お客を招いた場合には、主人が「召し上がれ」と声をかけ、お客は「遠慮なく食べます」と答えて食べるのが礼儀のようだ。

日本語の「いただきます」のように、食材や、そして作ってくれた人への感謝の言葉という意味合いはどの国にもない。日常的に「いただきます」を使っている私たちにとっては、その言葉が当たり前のように思えるが、外国人にとっては日本人の食事に対する向き合い方を含め、感動する言葉なのだ。

⑤一人称（僕・私・俺など）

日本語を学ぶ外国人がまず驚くのは、日本語に自分のことを指す言葉、一人称の種類が多いことだ。

たしかに、「私・僕・俺・わし・おら・おいら・あたし・うち・わたくし・小生・我輩・拙者」など本当にさまざまで、外国人は戸惑うようだ。英語なら「I」ひとつで済むのに、日本人はなぜこんなにもたくさんの一人称を使うのだろうか。

その答えは逆説的ですが、日本語は、普段一人称を使わない言葉だから、なのだ。会話の中で「私」を繰り返すと、自己主張の強い人だなという印象を、聞いている人に与えてしまう。日本語で一人称を使うのは特別必要なときだけだ。だからこそ数ある一人称のなかから一つを選んで、そこに特殊な意味を込めるのである。

日本語という言語で大事なことは、「何を言うか」よりも「どう言うか」だと言われている。数ある一人称の中からどれを選ぶかで、その人自身のキャラクターを示し、その場の空気に影響を与え、さらには社会の空気を生み出すのだ。この一人称選びが日本語の難しいところであり、面白いところでもあると思う。

⑥初心

最初に思い立った時の純真な気持ちを表す「初心」。アメリカ・アップル創業者のスティーブ・ジョブズ氏も、この言葉を「日本にある素晴らしい言葉。初心を持つのは素晴らしいことだ」と褒めたたえた。

ビジネスの世界で「初心」とは、「顧客視点や素人目線」になること。キャリアを積んで管理職やスペシャリストになるにつれ、初心というものを忘れがちになるが、日本では

「初心忘るべからず」といった言葉がある。

この言葉を最初に言ったのは室町初期の能楽師で能作者の世阿弥。長い歴史の中で使われ続けている「初心」は、世界からすれば珍しくて素晴らしい言葉だ。

⑦おかげさまで

「お元気ですか?」「ご家族の皆様お元気ですか?」と尋ねられると、「おかげさまで元気にしています」と返答する。きっと多くの方が謙虚な姿勢を表す言葉として、何気なく使う言葉の一つである。そこには日本人の心がある。

現代のようなテクノロジーや文化などなかった時代、日本人は自然の中で生き抜いてきた。天災や自然災害の多い日本では、度重なる苦難の結果、人は自然に逆らうことはできないことを理解してきた。

その結果、古来、日本では山川草木には神や精霊が宿るとして、すべてのものに対して「感謝」と「畏怖《いふ》の念《ねん》」をもって崇拝してきた。これがいわゆる日本の「アニミズム」という考え方。思うように支配できない大いなる自然の力や恵みを前にし、平和な生活に感謝して生きてきたのだ。

「おかげさまで」という言葉には、自分自身を内省（反省）し、目には見えないものへ感謝するというだけではなく、次の新たな一歩を踏み出す原動力も含まれている。

十一章　愛しい日本国、日本人。〝欧米意識〟、もうやめよう！

前章で取り上げてきた内容は、日本人特有の国民性が、つまるところは、日本という国の性格が非常によく表れているように感じる。

私は日本人ではある。それゆえであろうが日本人が非常に愛《いと》しく感じる。そして、日本人が住まう日本という社会、つまり日本の国も愛しい。

日本人は自分を、相手に対して、あるいは周りに対して強く表現することは、まずしないであろう。基本的に穏やかで融和を心得ており、対人的にそしてグループ、社会が乱れることを望んでいない。

ところで、私は「日本の国民性」について、良いことばかり書いてきているが、だからといってのぼせてもらったり、有頂天になってもらったりしては、それこそ筋違いである。いずれにしても相対的に言えるのは、日本人は優しくて、そして大人しい、ということになるのであろう。我こそは、と出しゃばることも、まれにはあるかもしれないが、ふだんはまずないことである。

私は高校生の時、野球部に所属していた。夕方暗くなるまでボールを追っかけていた。暗くなって練習を終えた後は、部員全員でレフト線上、あるいはライト線上に並んで、大きな声で「ありがとうございました」とグラウンドにお礼を言って練習を終えた。

また、室町時代の能楽師、世阿弥の言葉、「初心忘るべからず」など、すべて今まで述べてきた日本人の性格、そして律義《りちぎ》さのゆえではなかろうか。

もう一つ、聖徳太子の言葉で、十七条憲法に著される「和をもって尊しとなす」などなど、これらはすべて根源は日本人の魂ではなかろうか。


さて、終わりになるが、もう一つ面白い文章を付け加えておきたい。『日本人の遺伝子』（渡部昇一著　ビジネス社）から引いたものである。

『日本は一国だけで成立する孤立文明である』の項より

〝「日本仏教」になってからの仏教は教養や人生観を重んじるようになり、江戸時代に入ってからは学問に重きを置いて宗教活動は二の次になってしまいます。ですから、宗派もあまり関係なくなってしまいました。

一方の神道はどうかというと、その本質は先祖崇拝ですから、信じるとか学ぶとか、そうした努力は必要としません。ご先祖様に敬意を表すだけでいいのです。その象徴が神殿にある鏡です。その鏡が持つ意味は、そこに天照大神がいらっしゃると思ってもいいし、鏡に照らして自分の心が汚れていないか、自《みずか》らを顧《かえり》みてもいい。だからものすごく簡単なのです。

日本にはそうした神道がありましたから、五五二年に仏教が伝来しても皇室は揺らぎませんでした。ここが重要ポイントです。

ハーバード大学のサミュエル・ハンチントン教授も『文明の衝突』（集英社）という本のなかで世界の文明圏を区分けしたとき、日本の文明を「一国だけで成立する孤立文明である」と規定しています。

同教授の区分けした文明圏は、①**中華文明圏**、②**ヒンドゥー文明圏**、③**イスラム文明圏**、④**日本文明**、⑤**東方正教会文明圏**、⑥**西洋文明圏**、⑦**ラテンアメリカ文明圏**、⑧**アフリカ文明圏**。ご覧の通り一民族一文明というのは日本だけです。

朝鮮半島やベトナムなどは中華文明圏に入りますが、日本は絶対にシナの文明圏には入りません。第一、中華文明圏には日本の皇室に当たるものがないし、神社もありません。（中略）

現在、日本の神社の数はひと口に八万社と言われておりますが、これではやはり日本を一つの文明圏とせざるをえません。宗教を無視して文明圏を分類することはできないからです。

その意味で、仏教も神道と共存する「日本仏教」というべきでしょう。タイやカンボジア、ミャンマーといった仏教国の仏教とはかなり異なります。

私の家もそうですが、日本の庶民の家は、神棚があって、その下に仏壇があります。そして庭にはお稲荷さんがあることもあります。ですから、まだ大学に入って東京に出る前は、私は毎朝、朝食の前に慌ただしく、神棚の前で手をパチパチ、仏壇でチン、それから庭のお稲荷さんにへーッと頭を下げていたものです。〟

最後の、「神棚に手をパチパチ、仏壇でチン、お稲荷さんにへーッ」には思わず笑ってしまった。

私はこの国が大好きだ。日本という国がなんとも言えず大好きだ。日本人の性格、相手を気遣う国民性が大好きだ。先にも書いてきた中で述べたが、一時《いちじ》〝欧米か！〟が流行《はや》りになったが、我々は古来、長年の間に受け継いできた日本の心を、日本の精神を、日本の魂を、子や孫、そして子孫へつないでいきたいものだ。

「欧米か！」はもうよかろう。本来の日本人に戻ろう。

この書のテーマを『愛しの日本国　日本人』としたのは、すべてこのような内容を込めたものである。

国民性、人間性は世界でも質は上等であろうが、ちょっと気弱さを感じる。それが、『愛しの……』につながるのかもしれない。

おわりに

「日本とは？」「日本人とは？」と聞かれたとき、どのように説明すればよいのだろう。

この書で『愛しの日本国・復活論』の表題で進めてきたが、いま、ここで「おわりに」を書いていて、非常に感慨深いものがある。

私がこの書の中で気に留めているところは、とある家庭での一幕。

小学生の子供が朝ご飯を食べた後に残していた紙切れに、「肩たたき代など合計五十円」と書かれていた。請求書である。それを見た母親がフフフッと笑う。

翌朝、子供が母親から渡された、「洋服代ただ」「食事代ただ」などと書かれた紙切れを見て、うつむいたまま大粒の涙を落としていた。以上の一連のところである。

この過程が、そして親子がとても温かく伝わってくる。

今回この書の発行にあたって、文芸社出版企画部青山泰之氏、編集部吉澤茂氏には大変お世話になりました。

心からお礼申し上げます。

二〇二一年（令和三年）八月十一日

参考資料

『ＮＨＫ政治マガジン』（インターネット）
『ＮＥＷＳポストセブン』（インターネット）
『ＮＨＫニュースポスト』（インターネット）
『たわをブログ―擬人法』（インターネット）
『万葉集を読む―壺齋散人の万葉集評釈―』（インターネット）
『朝日新聞デジタル』（インターネット）
『ダ・ヴィンチニュース』（インターネット）
「Ｊａｐａａａｎマガジン『まんが日本昔ばなし』データベース」（インターネット）
『意味開設ノート』（インターネット）
『木村耕一ＢＬＯＧ』（インターネット）
『和の心.com』（インターネット）
『言葉（コトバ？）の意味辞典』（インターネット）
『エキサイトニュース』（インターネット）
「住吉大社ホームページ」（インターネット）

『トルコ　エルトゥールル号海難事件』（インターネット）
『産経デジタル』（インターネット）
「日本最古の小説『竹取物語』を歴史マニアが5分で解説」（インターネット）
「福娘童話集　きょうの日本昔話―岡山県の民話」（インターネット）
『まんが日本昔ばなし～データベース～』（インターネット）
『ウィキペディア』
『YouTube』
「NHKスペシャル『この国のかたち』」（NHK）
『未開と文明「一寸法師」』山口昌男編集・解説　平凡社
『おとぎ話に隠された古代史の謎』（関裕二著　PHP文庫）
『日本人の遺伝子』渡部昇一　ビジネス社
『決定版　慰安婦の真実―戦場ジャーナリストが見抜いた中韓の大嘘』マイケル・ヨン著　育鵬社
『台湾を知ると世界が見える』藤井厳喜・林建良著　ダイレクト出版
『儒教に支配された中国人と韓国人の悲劇』ケント・ギルバート著　講談社
『アメリカも中国も韓国も反省して日本を見習いなさい』ジェイソン・モーガン著　育鵬社
『日本人はなぜ世界から尊敬され続けるのか』黄文雄著　徳間書店
『文明の衝突』サミュエル・ハンチントン著　集英社

著者プロフィール

中山 直康（なかやま なおやす）

1948年11月3日、富山県東砺波郡庄川町庄（現・砺波市庄川町）生まれ。
現在小矢部市在住。
1971年、京都産業大学経営学部卒業。
2001年、樹医博士（日本カルチャー協会認定）

愛しの日本国・復活論
もう一度「本来の日本人」を取り戻そう

2021年11月15日　初版第1刷発行

著　者　中山 直康
発行者　瓜谷 綱延
発行所　株式会社文芸社
〒160-0022 東京都新宿区新宿1－10－1
電話 03-5369-3060（代表）
03-5369-2299（販売）

印刷所　株式会社フクイン

ISBN978-4-286-23003-0　JASRAC 出 2106729－101